Maintenant qu'il fait
tout le temps nuit sur toi

MATHIAS
MALZIEU

Maintenant qu'il fait
tout le temps nuit sur toi

Pour mon père et ma sœur,
en souvenir de ma mère.

« *Je vais vous dire quelque chose au sujet
des histoires.
Elles ne sont pas qu'un amusement,
ne vous y trompez pas.
Elles sont tout ce que nous savons,
voyez-vous,
tout ce que nous savons
pour combattre la maladie et la mort.
Vous n'avez rien si vous n'avez pas les histoires.* »

Leslie M. SILKO

I

Est-ce qu'il ne fait pas trop froid là-bas, est-ce que tu sais les fleurs sur le toit de toi, est-ce que tu sais pour l'arbre que l'on va devoir couper, est-ce que tu sais pour le vent qui agite les volets de la cuisine et secoue ton ombre sur le carrelage ?

Maintenant il fait tout le temps nuit sur toi.

Tu reçois des lettres, on les donne à lire à tes vêtements, ça ne les déplie pas. Est-ce que je peux t'envoyer un peu d'Espagne, du bon champagne et deux, trois livres, maintenant qu'ils te foutent la paix avec leurs tuyaux dans le nez et le ventre, que tu n'as plus à te forcer à manger et à décrocher le téléphone ?

Maintenant qu'il fait tout le temps nuit sur toi.

Est-ce que tu es partie te cacher dans un caillou, un plat à tartes, un nouveau-né, un tissu, un œuf, une broderie et comment c'est maintenant qu'il fait nuit tout le temps ?

Est-ce que ça va mieux, est-ce que c'est léger comme une bulle de laisser son corps juste là, tel un vêtement abîmé que l'on ne peut plus porter ? C'est fini ce poids qui écrasait ton sourire ? qui écrasait ton ventre, qui t'écrasait ? Tu as pu t'échapper, dis ? Avec ton sourire en poche maintenant qu'il fait tout le temps nuit sur toi ?

Même les yaourts aux fruits dans le frigo ont un goût de fané. On a beau se mettre de la limonade toute neuve, du genre geyser de goulot tendre comme un orage de sucre, dans l'œsophage, rien. Un cimetière de plus, de la nuit, du froid et encore une nouvelle couche de nuit. Nous on voit rien, on te voit plus, on n'y voit rien, on ne sait plus grand-chose. On marche dans la nuit et on ne te trouve pas, faut dire qu'on les confond toutes ces nuits, noires, épaisses comme du tissu, pas beaucoup d'étoiles, tout se ressemble.

Il y a bien les souvenirs, mais quelqu'un les a électrifiés et connectés à nos cils, dès qu'on y pense on a les yeux qui brûlent.

Maintenant qu'il fait tout le temps nuit sur toi.

Tu es partie à 19 h 30. Les roses orange toutes neuves posées sur ta table de chevet et les petites lampées d'eau citronnée, ça n'a pas suffi. Pas plus que les tuyaux et les aiguilles plantées dans tes bras. 19 h 30, « c'est fini ». Dans l'horloge de ton cœur, la petite aiguille ne remontera plus jamais vers midi.

Derrière la porte de la chambre, le service après-vente de la mort nous attend. Ils nous remettent un sac en plastique avec des ombres à toi, une chemise de nuit, des pinces pour les cheveux, un crocodile en perles orange à moitié décousu, quelques photos, tes chaussures et une petite horloge cassée, arrêtée sur 19 h 30.

C'est ma sœur qui avait tissé ce crocodile pour toi. Il lui manque une patte et quelques perles du ventre. J'aurais aimé que tu puisses les emmener avec toi.

On espère toujours que quelque chose bouge encore, même les perles d'un crocodile cassé.

À l'époque où Lisa fabriquait des crocodiles en perles, elle n'imaginait sans doute pas devenir maman un jour, ne plus avoir de maman non plus. Elle était juste une petite fille qui ressemblait à sa mère et qui aimait bien

fabriquer des crocodiles de perles à deux couleurs.

Maintenant, papa, Lisa et moi, c'est les os et
les muscles, rien d'autre.

L'hôpital. Son couloir interminablement blanc à escalader en marchant à l'horizontale sans s'écraser contre un mur. Il est interdit de s'écrouler. Il ne faut pas. Articuler les poumons, avec des mouvements normaux de respiration. Tout est bloqué, tout est vide. Mais ça fonctionne, comme une vieille barque dont le gouvernail serait piloté par un fantôme de secours. Tu peux toujours t'accrocher à quelques perles de crocodile. Tu peux toujours t'accrocher aux murs blancs de la chambre et aux bouquets de néons vides. Tu peux toujours, mais rien ne se passe. Juste le temps. Les horloges continuent d'égrener les secondes comme si de rien n'était.

On fait semblant de marcher, on imite ce que nous étions avant, quand tu étais encore là. Quelques minutes plus tôt, tu t'effondrais entre nos doigts, mais tu y étais encore.

Alors on avait peur et mal. Mais c'était rien à côté du vide qui nous a explosé silencieusement à la gueule avec le petit « c'est fini » de l'infirmière. Tout le monde avait peur. Peur que tu partes. Et maintenant que tu es partie, on a encore plus peur.

On garde tous nos cœurs plantés dans le ventre et dans la gorge. Sans bruit. On ne veut pas que tu entendes. C'est effroyable le bruit d'un cœur qui se casse. Comme un œuf prêt à éclore écrasé par un bulldozer en porcelaine. On ne veut pas que tu comprennes. Est-ce que tu savais ? On veut écouter encore un peu du toi et du nous qui fonctionnent normalement, avec des mots, et sans tubes en plastique. On veut « avant » et maintenant !

« Veuillez regagner la sortie messieurs dames s'il vous plaît. » Ça ne s'enlève pas une maman. Laissez-moi rester ! Je vais l'opérer, en dormant contre elle, vous verrez elle va se réveiller. Le soleil entre ses doigts, vous verrez, vous verrez ! allez !

Les infirmières, les yeux recouverts de paupières, le disent, ça doit être vrai, c'est fini. Je n'ai pas réussi à tordre les horloges, je n'ai pas réussi la magie, ni l'amour ni la médecine ni rien. Lisa a jeté son cœur contre le mur, papa va le ramasser. J'ai jeté mon cœur contre le mur, papa va le ramasser. Je me jette contre le mur, papa va me ramasser. Fracas de bulldozers qui se rentrent dedans.

Les infirmières arrivent dans la chambre avec des yeux de « vous faites trop de bruit ». Ça n'existe pas ! Dites-moi que ça n'existe pas, les petits pas en plastique des infirmières qui claquent sur le linoléum. Tu es endormie, tu es fatiguée, tu vas « te » reposer en paix. Oui ?

On a ramassé les cœurs, on s'est tenus les uns aux autres avec la mécanique des bras, et on a quitté la chambre.

Le silence est partout, épais comme une dalle. On quitte le bâtiment.

Nous sommes dévissés. Comme des alpinistes à qui on vient d'enlever la paroi de montagne à laquelle ils sont accrochés. Même si on s'y prépare, c'est toujours un coup sec, le moment précis où ça lâche.

« C'est fini. »

Les ongles plantés dans la glace, on peut souffrir et penser crever de froid. Mais on est toujours dans la vie, l'espoir soulève encore. Quand la montagne se dérobe et que ça y est, on part à la renverse sans pouvoir se rattraper à rien, c'est le temps des choses qui s'éteignent. On se perd tout de suite. La nuit surgit en plein jour, en pleine gueule, et rien ne sera plus jamais comme avant.

Le vide, c'est grand. À la sortie de l'hôpital, il nous attend. Il me fait peur pour toujours. Papa et Lisa partent en voiture, ils doivent aller chercher des vêtements pour toi. Ils errent comme deux ombres et moi j'attends sur le parking. Parce que ton frère est sur la route. Il arrive pour voir sa sœur morte. Il repartira avec son sac de vide à porter toute sa vie lui aussi.

Je suis sur le parking et je ne vois plus que de la nuit à perte de vue. Seuls l'ombre de l'hôpital et les phares des voitures grignotent l'horizon en silence.

Je suis mécaniquement vivant, puisque mes doigts bougent et que mes yeux clignent. Mais je suis rempli de vide. Comme si j'avais bu la tasse, qu'elle s'était fracassée dans ma gorge et tordait tous les points sensibles de mon corps en épargnant les organes vitaux, histoire que je reste là. Je vois bien les arbres plantés en rang à l'entrée du parking, secoués par le vent avec leurs ombres tordues, mais je n'entends rien. J'ai la sensation de rapetisser et de grandir en même temps. De ne plus tenir dans mon propre corps. Je suis bien trop grand pour moi. C'est le vide qui enfle. Mes mains tremblent comme une gorge étranglée. Je les oblige à attraper mes épaules, mais elles tremblent encore. Je regarde mes genoux, on dirait deux gros cailloux, et mes chevilles deux moyens cailloux. Le reste tremble. Ce n'est pas vraiment du froid, c'est cette nouvelle chose : le vide.

Et Lisa et papa qui doivent aller ouvrir le placard de ta chambre pour te choisir ton dernier habit ! Le parfum de lessive va venir caresser leurs narines quand ils vont remuer le tissu. C'est le début des caresses coupantes, celles qui se plantent dans les vieux souvenirs.

Depuis que tu avais dû quitter la maison pour l'hôpital, des ombres avaient pris ta place. Je les ai vues pousser, dans la cuisine d'abord, le long des casseroles immobiles, puis entortillées dans tes petits peignes à la lingerie, comme des toiles d'araignées opaques. Au début, il me suffisait de souffler dessus pour les faire disparaître. Je pensais haut et fort que tu allais revenir.

Puis les jours ont passé, tu as dû rester à l'hôpital, et les ombres se sont solidifiées dans la maison. Il en poussait sous la porte de ta chambre, de vraies plantes carnivores. Les derniers jours, il était impossible de toucher, d'approcher même, la poignée de cette porte. Les ombres s'accrochaient aux tableaux suspendus dans le couloir et grimpaient le long du crépi. On aurait dit que les murs se fissuraient.

Papa les voyait aussi bien que moi, mais personne ne disait rien. Chaque jour on les sentait s'épaissir un peu plus, mais nous refusions d'y prêter trop attention. Maman va rentrer, et ces saloperies d'ombres retourneront d'où elles viennent, point barre. Je sentais l'inquiétude grandir dans notre façon de téléphoner à Lisa, dans notre façon de ne pas téléphoner à Lisa aussi. L'instinct de survie et la peur nous ont empêchés presque jusqu'au bout de nous rendre à l'évidence.

Maintenant, les ombres ont dû prendre comme du béton armé jusqu'aux dents. Toute la maison doit être piégée.

Papa va conduire, il faut se comporter en gens vivants. Leurs bras vont ouvrir le portail en bois qui ferme mal à cause de l'humidité d'automne qui le fait gonfler. Monter les grands escaliers de pierre qui s'enroulent autour du pin parasol et trouver la bonne façon d'enfoncer la clef dans la serrure de la porte d'entrée. Et le peuplier géant que l'on doit couper, est-ce qu'il ne va pas décider de secouer ses racines jusqu'au fond du garage pour soulever la maison en entier et l'envoyer se fracasser contre le portail du cimetière ?

Je ne sais pas ce que je peux encore savoir faire, et à quoi ça peut bien servir maintenant. J'ai peur que papa et Lisa ne rencontrent des difficultés surnaturelles en essayant de récupérer ce dernier habit, là-bas dans le placard infesté d'ombres. Je me concentre sur l'idée de voir la voiture revenir. Et dire que demain on devait être sur scène. Je ne suis même pas sûr de savoir encore comment ça marche de faire sortir des notes de musique de mon corps, maintenant que j'ai un trou dedans.

Il y a ce peuplier géant, mort la tête dans le ciel au-dessus de la maison, j'espère qu'il est encore debout. Est-ce qu'il fera semblant d'être vivant, ses ombres accrochées au toit, avant qu'on vienne le couper lui aussi ? On raconte qu'il est trop grand, qu'il risque de prendre le vent et d'écraser la moitié du lotissement. Je l'aime bien, moi. Les chats y grimpaient quand tu promenais tes petites façons en allant chercher le courrier sous ses branches – quand cette maison n'était pas encore une tombe avec eau et électricité.

Comment on va faire maintenant qu'il fait tout le temps nuit sur toi ? Qu'est-ce que ça veut dire la vie sans toi ? Qu'est-ce qui se passe pour toi là ? du rien ? du vide ? de la nuit, des choses de ciel, du réconfort ?

Mais je ne veux même pas y penser, mon sang rejette tout en bloc, le trou dans mon corps siffle. C'est un son noir, comme ceux des vieux klaxons de train. C'est le grand tremblement de corps qui se met à marcher en cadence dès que j'effleure ces idées-là. Je veux juste que ce ne soit pas vrai, qu'on arrête ces conneries d'hôpital, qu'on arrête avec la mort parce qu'il se fait tard, il se fait vide et que maintenant je voudrais qu'on rentre tous à la maison.

J'irai truquer les horloges du monde entier s'il le faut.

Moi, j'y vais, je vais commencer par me tirer de ce con de parking plein à ras bord de vide et je vais don quichottement affronter Big Ben et toutes les plus grandes horloges du monde. Je vais escalader, tu vas voir, regarde, je grimpe ce putain de clocher anglais et je tords les aiguilles, regarde ! Il est peu avant 19 h 30, ils ne t'auront pas ! Regarde comme je fais la manivelle avec les petits muscles que tu m'as fabriqués dans ton ventre trente ans plus tôt ! Tu te lèves ! Il n'y a plus de tuyaux en plastique, il n'y a plus de soupe dégueulasse et de steak haché au goudron, plus de biscuits aux miettes de gravier non plus ! Tu t'envoles vers la maison ! On y mangera sur la terrasse et tes yeux seront ouverts comme des billes agate noisette ! Regarde, les avions reculent, tout le monde parle à l'envers ! Tes petites-filles, Mathilde et Charlotte, rebondissent sur tes genoux, on va mettre un disque un peu fort sur la chaîne de la salle à manger pour qu'on l'entende sur la terrasse ! Regarde, le vide et la nuit ! On leur pète la gueule à coups de mani-velle ! Big Ben ! Il n'y a plus rien dans ton ventre, tu es libre ! Le peuplier géant, regarde-le verdir, les chats qui grimpent dessus ont de la sève sur les pattes et s'en foutent partout quand ils se battent ou s'embrassent ! Oh, ça sent la tarte aux pommes, tu y as encore glissé des fées à la cannelle, il ne va pas en rester une seule miette ! Et tu es là, avec tes pinces-crabes dans les cheveux, à te dandiner en glissant des « Elle est bonne hein ? Elle est bonne hein ? Elle est bonne hein... »

Parking. Pas d'odeur, pas d'horloge, quelques spasmes. La voiture ne devrait pas tarder. Papa et Lisa vont arriver avec un sac contenant ton dernier habit. Je marche un peu. J'ai l'impression que ça les fera arriver plus vite. Je tape vaguement dans les cailloux et les écoute retomber quelques mètres plus tard.

J'aurais dû partir avec eux, ça ne change rien, rien ne changera plus rien. Le Rhône continue de couler du nord au sud, avec sa médiocrité de gros fleuve lourdaud. Il traverse la ville sans lui apporter de magie – même quand personne n'est mort, ce fleuve est nul. Les voitures garées sur le parking semblent faire partie du goudron, les ombres des bâtiments aussi. La forêt plantée au bout du fleuve ressemble à celle qui entoure la maison. Un oiseau, pas très vieux, se dandine d'une patte sur l'autre, à quelques centimètres de mes chaussures. Il essaye de manger les graviers et il chante quelques notes. Je me retourne et j'aperçois la fenêtre de « la chambre ». Je ne peux pas croire que tu sois bloquée là-dedans pour toujours, je ne pourrai jamais croire ce truc.

J'ai avec moi ce sac rempli de tes effets personnels, qu'on nous a rendus en sortant de l'hôpital. Je le coince entre mes mollets. Il est difficile à regarder. Je me décide pourtant à l'ouvrir.

Parmi toutes ces jolies mèches à souvenirs, pinces pour les cheveux, lunettes, chaussures, chemise de nuit pliée depuis trop longtemps, se trouve cette drôle de petite horloge cassée, avec les aiguilles bloquées sur 19 h 30. Je plonge ma main au fond du sac et en ressors la petite horloge. Elle ressemble au coucou qui dominait l'escalier de la maison, mais en miniature. Je la secoue contre mon oreille, elle ne fait pas l'ombre d'un bruit. Les aiguilles sont impossibles à tordre, comme peintes à même le cadran. Au dos de l'horloge, une inscription est gravée dans le bois : « Pour vous aider à combattre la mort : Giant Jack, passeur entre les mondes, médecine par les ombres, spécialiste des problèmes de vie malgré la mort. » Et, plus bas : « Contact : chantonnez *Giant Jack is on my Back...* »

« *Giant Jack is on my Back*, je chuchote, perplexe, en lisant les inscriptions au dos de la petite horloge. *Dja-ï-ante-djack-is-on-my-Back, djaïante djack... is on my Back ! Giant Jack is on my Back !* C'est ça... Oui ! Giant Jack, bien sûr ! Bougez-vous saloperies d'ombres, montrez-vous ! Montrez-moi un peu ce que ça veut dire de vivre avec de la nuit à la place de la peau, allez-y ! »

L'oiseau attend que j'arrête mes cris, puis recommence à becqueter les graviers. Je replace la petite horloge au fond du sac et je sens à nouveau cette sensation de Coca-Cola trop froid autour de mes yeux. Comme juste après une colère, quand la pression se relâche et que les paupières n'éclusent plus. On s'énerve, on palpite, et pile au moment où on croit que la crise se termine, on craque, liquide.

Quelques minutes passent.

Alors, j'entends un bruit lointain, un bruit de vent sans moteur, assez étrange pour une voiture. Je me dis que quand même, ça doit être papa et Lisa qui reviennent de la maison.

II

Le bruit s'intensifie et ne ressemble décidément pas à celui d'une voiture. On dirait une tempête. Les arbres frissonnent. La lune, dont j'avais oublié la présence, cisaille maintenant le ciel. L'oiseau qui mange les graviers a disparu, les ombres des arbres griffent les lampadaires qui se penchent d'effroi, le tout s'enfonce dans le fleuve et ses brumes. En silence. Et ce bruit de vent qui recommence à tourniquer. Énorme. Toutes les sources de lumière semblent s'affaiblir. Des ombres poussent du bâtiment hospitalier, comme des branches d'arbres morts affamés de lumière. Au loin, sur la grande route, les phares des voitures ont disparu. Le bruit s'intensifie comme si on ouvrait les portes d'un train lancé à pleine vitesse. C'est la nuit intégrale. Même en écarquillant les yeux, impossible de percevoir le moindre résidu lumineux. J'entends des craquements derrière mon dos.

Et tout à coup, plus un seul bruit. Je ne me suis jamais senti aussi seul de ma vie. Silence intégral et noir intégral. Rien.

Je me retourne.

Il doit mesurer dans les 4 mètres, 4 m 50. Ses proportions sont celles d'un humain pour ce qui est du buste et de la tête, mais ses jambes en accordéon sont incroyablement longues et ses bras, très fins, traînent par terre. Il porte une redingote cintrée qui le fait ressembler à l'ombre d'une interminable scie. Il semble couper la lumière de toute la ville. Son visage fait un peu penser à celui de Robert Mitchum que l'on viendrait de réveiller après la mort. Je me demande s'il est vivant ou pas, mais je me garde bien de lui poser la question.

Il approche, doucement. Le bruit de vent reprend lorsqu'il actionne le grand soufflet de ses jambes pour avancer. Je ne sais pas s'il me regarde. Je tremble comme un oiseau barbouillé de pétrole glacé. Le bruit d'œuf croqué aussi a repris, je crois qu'il fait ça en clignant des yeux.

Je ne vois toujours rien à part lui, qui se détache clairement, un peu plus noir que le reste de la nuit, avec son visage et ses mains brillant comme un drôle d'halogène dégingandé. Son ombre est énorme, elle se répand, grimpe sur ma nuque. Je sens son souffle glacé qui m'enfrissonne le dos, il est juste derrière moi. Il fait un signe ample de la main. Lorsqu'il parvient à ma hauteur, il me regarde et s'assoit à mes côtés. L'opération dure bien trente secondes, ça lui demande un sacré travail pour passer de la position debout à la position assise. Il y a tout un tas de cliquetis et de craquements quand il s'assoit, comme si quelqu'un remontait des boîtes à musique.

Il ne dit rien. Peut-être parce que dans ces moments-là, il n'y a rien à dire. Étrangement, sa présence, même terrifiante, me réconforte un peu. À n'importe quel autre moment de ma vie ce géant m'aurait terrorisé, mais là, vu l'état d'hébétement dans lequel je me trouve, il repré-sente presque un mieux.

Il fait comme moi, il manipule des cailloux en regardant ses pieds, sauf qu'il met beaucoup plus de temps pour les attraper, et que ses pieds sont beaucoup plus loin que les miens. Je regarde ses pieds parce que quand même, il m'impressionne un peu ce garçon. Il en impose, avec ses 4 mètres de haut. J'entends encore ses yeux cligner. Maintenant, ils clignent vers moi. Ils sont aussi larges que des phares de voiture. Une voiture perdue dans le brouillard.

Ce grand machin va me tuer, ça ne fait aucun doute. Mais je suis déjà si profondément enfoncé dans le vide et la mort que ça me fait juste un peu d'animation cet échalas assis à côté de moi.

Pendant ce temps, la voiture entre dans le par-king. Les phares découvrent le tracé blanc des places sur le bitume. Je n'entends rien, la voiture semble flotter pour se garer. Lisa et papa se diri-gent vers l'intérieur de l'hôpital, ils ne m'ont pas vu. Je suis paralysé, je les regarde passer avec le sac rempli de ton dernier habit. Je suis soulagé de les voir enfin. Il faut que je me lève, que j'aille les rejoindre.

Soudain, le géant se penche vers moi, se dan-dine un peu, et me pointe avec son doigt :

— Je suis Jack-le-Géant, docteur en ombro-logie, médecine par les *ombrrrllles*. Je soigne les gens atteints de deuil en leur administrant plâ-tres et cataplasmes pour le cœur, fabriqués à par-tir de mon ombre. Comme tu as pu le remarquer, je suis plutôt un grand modèle, quant à mon ombre, elle est ÉNOOOORME... La vie malgré la mort, je connais, je suis un spécialiste, et je suis venu ici pour t'en apporter un bout, dit-il avec une voix genre chanteur basse des Platters.

— !

— Elle te protégera, c'est une très bonne ombre. Un peu encombrante et froide, mais elle te protégera bien.

Il arrache un bout de son ombre en passant son immense bras gauche loin derrière son dos. Ça fait un bruit de drap déchiré. Il reste arc-bouté sur lui-même en poussant des grognements. Je crois qu'il rouspète, je n'ose pas l'interrompre.

— Saloperie de scoliose ! Ça fait cent vingt-cinq ans que ça me fait mal quand je me penche ! peste-t-il avec sa voix de contrebasse éventrée.

— Vous avez une scoliose ? je demande du bout des lèvres.

— Hein ? Tous les géants ont une scoliose ! On grandit, on grandit et on se tord le corps, mon garçon ! Et en vieillissant, on attrape des scolioses jusqu'au bout des doigts, mon gars ! Et le cœur ! Ah le cœur, il est en mille morceaux, le cœur, quand on est un géant de cent trente ans ! On a connu l'amour et la mort, qui l'ont arraché plus d'une fois ! Alors on compense avec les ombres. C'est comme du ciment. Tu viens d'avoir un grave accident de cœur. Tu vas avoir tendance à rapetisser sous le poids des choses, mais tu vas devoir grandir d'un seul coup, tu vas te claquer des scolioses de partout dans le corps et dans le cœur si tu ne te rééduques pas comme il faut, oui oui ! Il te faut de quoi te recoller les morceaux ! oui oui ! Voilà ton ombre, garçon, fait-il en trifouillant quelque chose dans mes épaules.

C'est pas facile à traîner tous les jours, mais dedans il y a de quoi te réparer de l'intérieur.

C'est comme s'il m'enduisait tout le corps d'un baume apaisant, c'est un peu froid, mais ça fait du bien.

— Ça va ?

— C'est trop grand pour un petit comme moi, non ?

— Bah ! *Trrrust the Old Giant-Jack, little man, it's a good shadow, cold like ice but it will protect you well, well, well, o wow ow !* dit-il en chantonnant.

Puis il prend un ton plus sérieux :

— Tu sais, ça ne marche pas à tous les coups, c'est un traitement très dangereux. Car les ombres, mon garçon, sont des portes ouvertes sur le pays des morts.

— Le pays des morts ? Est-ce qu'elle y est déjà ? On peut la voir là-bas ?

— Tu n'as rien à faire là-bas de ton vivant. C'est ta propre mort que tu y trouverais, rien d'autre.

Un long silence glace ses derniers mots. Puis le géant se racle la gorge et reprend la parole.

— Comme n'importe quel cocon, elles peuvent générer des métamorphoses. Tous mes patients sont différents. Certains en sortent consolidés, même sauvés, d'autres en meurent, étouffés dedans comme des poussins dans leur coquille. Les ombres que je dispense sont fabriquées à base de liquide amniotique ; certains se noient dedans en plein sommeil.

Un escargot énorme pendouille au bout de son oreille gauche, ça me démange un peu de le lui faire remarquer, mais je ne dis rien. Ce type-là possède une force comique hallucinante, on sent qu'il pourrait embarquer des heures et

des heures de rire autour de lui rien qu'en gesti-
culant un peu quelques histoires. Mais comme les
meilleurs professeurs, il sait redevenir sérieux
d'un seul coup.

— J'ai quelques recommandations à te faire
pour essayer de sortir vivant de tout ça : D'abord
tu dois combattre seul. Ne mêle personne à ça,
même ceux que tu aimes, surtout ceux que tu
aimes. Je ne te dis pas de vivre en reclus, au
contraire, mais le combat intérieur, tu dois
l'effectuer seul. Ton ombre est une arme qui peut
devenir redoutable pour déjouer la mort. Tu
apprendras à t'en servir. Il faut seulement un peu
de pratique.

« Ensuite, tu ne dois pas utiliser les portes qui
mènent au pays des morts. Se battre contre la
mort ne veut pas dire aller la voir de près. La
seule manière de tuer la mort, c'est de rester en
vie. Reste tourné vers la vie. L'ombre fonctionne
comme une sorte de vaccin, elle contient la mort,
mais tu ne dois pas y toucher. Ne déconne pas
avec ça, c'est ce qui fait le plus souvent échouer
le traitement. Ça et les gens qui n'ont pas voulu
de la vie. Mais ceux-là seraient morts de toute
façon.

Il s'octroie une petite pause, respire un grand
coup et fouille dans ses innombrables poches à
livres. Il en tire trois ouvrages pour me les donner, « prrrllessscrlllire » comme il dit !

— J'aime les livres qu'on peut mettre dans les
poches, trimballer, aimer, prêter, corner, donner,
racheter pour relire ses passages préférés. C'est
un acte important pour moi d'échanger un livre
qu'on aime, c'est comme prêter ses chaussures.
Alors... je ne te prête pas mes chaussures, parce
que j'ai un mal fou à en trouver à ma taille, et

puis à part dormir dedans, je ne vois pas ce que tu pourrais en faire, mais voici quelques livres. Dedans, tu trouveras des histoires d'ombres, ça te changera les idées, ah ah !

Je crois qu'il essaye de me faire marrer, mais il a vraiment un humour de fantôme.

— Ça fait partie de ton traitement, mon garçon : les livres sont des accessoires non-accessoires pour se battre contre la nuit éternelle. Ils dorment dans mes poches, je ne les réveille que pour les prêter quand quelqu'un semble en avoir besoin.

À cet instant, il me fait un large sourire qui va vraiment jusqu'à ses oreilles et il disparaît comme il m'est apparu, dans un bruit de vent.

Les trois livres, au creux de ses mains, on aurait dit une couvée d'oisillons en papier. Dans mes bras à moi, ils redeviennent de simples livres. Je les enfourne dans mes poches en me dirigeant vers l'entrée de l'hôpital. Je suis sonné, mon corps est en pilotage automatique. Le cœur et le cerveau sont difficiles à démêler, alors je fais confiance à mes jambes pour avancer.

Mon ombre, énorme, traîne un peu par terre ; je me prends les pieds dedans. Je retourne vers les néons, emboîter le pas à Lisa et papa, s'appliquer à être les uns à côté des autres. Quand l'un des trois s'effondre un peu plus, les deux autres volent à son secours. D'une minute à l'autre, les rôles changent.

Tout le monde oblique. C'est l'heure de n'avoir plus rien à faire à l'hôpital. Il faut maintenant rentrer à la maison.

Lisa est assise sur la banquette arrière de la voiture, à côté de moi. Exactement comme lorsque nous partions au ski. Personne ne se met devant, à « ta place ». Le problème avec les ombres se confirme. La mort s'est installée à l'avant, et elle nous surveille dans le rétroviseur. Elle est à ta place, je ne peux pas accepter d'y croire.

Papa a démarré, je me demande encore de quelle façon il y est parvenu. La voiture remonte à travers la ville, comme téléguidée. Les arbres commencent à remplacer les bâtiments, la nuit s'épaissit contre le pare-brise. Le reste, c'est de la campagne battue par les vents.

De l'hôpital à la maison, il y a dix kilomètres. Les plus longs de ma vie. Je connais toutes les montagnes à l'horizon par cœur, tous les virages. Je les ai pratiqués en car pour aller au lycée, en voiture pour rentrer de la fac, jusqu'en bus de tournée pour décharger les instruments dans le garage. C'est le chemin pour rentrer. Papa s'applique à conduire comme il le fait toujours. J'ai pourtant l'impression que même la maison n'existe plus, qu'on ne va jamais retrouver le panneau « Montéléger ».

Le ciel est parsemé de bitume glacé, ça racle contre le toit de la voiture. Papa reste concentré sur la conduite, avec cette idée étrange que, non, la maison n'a pas dû bouger. Les phares éclairent, les roues tournent, les vitesses s'enclenchent. On ne croise pas d'autres voitures, seulement des ombres, étendues sur l'horizon comme les maillots noirs de toute une équipe de football fantôme.

Papa s'en sort bien avec le volant. Conduire dans une tempête de vide, pourtant, c'est compliqué. Tout brûle, tout explose, les arbres plantés à l'envers dans le ciel, le ciel enfoncé dans le pare-brise. Je crois qu'il y a du vent, mais personne ne dit rien. Tout le monde a peur et personne ne dit rien. Seul le moteur change de son quand papa débraie. Quelques souvenirs de vacances au ski me reviennent, ils s'allument et s'éteignent aussitôt.

On arrive. « Montéléger », ses lumières de village endormi. L'église est là, posée au milieu. On va bientôt avoir affaire à elle. Un peu plus loin, l'école primaire et ses odeurs de rentrée des classes. Sur les trottoirs, les feuilles de platane collées les unes aux autres par la pluie.

Le ruisseau traverse le village. Il connaît tous mes secrets celui-là. J'en ai pêché des rêves en sortant de l'école, des rêves à la grenouille, puis avec des filles allongées dedans. Ils avaient bon goût tant que je tenais ta main. Je pouvais rêver tranquille, faire semblant de m'envoler, crier, marcher de traviole, ralentir-accélérer, sur le chemin qui nous ramenait à la maison. De toute façon tu me tenais, c'est un boulot de maman et je l'avais bien compris.

Je m'en souviens de cette ambiance de goûter, avec football dans les cailloux, récits de la journée à l'école, les « qu'est-ce qu'on mange ce soir ? » en se magnant un peu mine de rien pour ne pas louper Goldorak. Est-ce qu'ils l'ont eu lui aussi ? A-t-il fini sa vie de superhéros avec un tube à oxygène dans le nez ? Peut-être qu'ils l'ont laissé rouiller dans sa casserole volante, qu'il est tombé malade de ne plus pouvoir voler et qu'il a perdu ses belles cornes en forme de banane. Hé, Goldorak sans ses cornofulgures il doit ressembler à un punk en ferraille de cent cinquante ans. Est-ce que lui aussi il a dû mettre un horrible pyjama d'hôpital en papier avec les chaussures en plastique sac-poubelle qui vont avec ? Maintenant il doit traîner au fond du ruisseau, abandonné comme un jouet cassé, entouré de grenouilles mortes.

Est-ce que le géant nous a suivis ? Vu la taille de ses jambes, en courant il doit pouvoir atteindre la vitesse d'une voiture.

La voiture ralentit et remonte le lotissement, qu'elle connaît par cœur. Chaque maison est exactement comme d'habitude, et c'est absolument terrifiant cette normalité. Les lampadaires nous regardent avec un air genre « Contrôle d'identité, s'il vous plaît. Veuillez sortir les étoiles de vos poches, de vos cheveux, de vos yeux. Tout ce qui brille, vous le déposez dans le sac en plastique : vos sourires, vos souvenirs, vous n'en aurez plus besoin là où vous allez maintenant. »

J'ai rangé mes souvenirs et mes histoires de géant. C'est pas le moment d'en parler à Lisa et papa ; pas encore. Je sens mes os, agrandis dans les épaules, mais pas ma peau. Je suis suspendu à mon squelette.

Papa a toujours les mains sur le volant, mais je n'ai plus l'impression qu'il conduit. On dirait que la voiture a décidé toute seule de s'arrêter devant le portail. Je descends pour aller ouvrir le garage. Mon ombre de géant glisse sur le bitume, sans bruit.

Le vide et son orchestre à silence se sont emparés de la maison. Je traîne un peu dans le couloir. Je sens les ombres de toute la maison. Chaque recoin est habité. Je préfère encore me promener parmi ces fantômes qu'aller me coucher. Je ne te reverrai plus jamais, et toi tu ne verras plus jamais rien. Mon corps refuse, ça cogne contre les parois.

Pour la première fois, je m'emmitoufle dans ma nouvelle ombre. Je sais qu'elle est censée m'aider, mais je ne sais pas comment l'utiliser. Enfin, c'est la mienne, le géant me l'a donnée, elle me fait un peu moins peur que toutes celles qui sillonnent la maison, qui comme des lames se plantent dans les portes. Et dans le lavabo de la salle de bains, et dans le crâne de toute la famille qui s'y lave les dents. Chacun va se coucher avec des lames perdues enfoncées dans le crâne. Elles font mal comme des coups de soleil sur les yeux. Elles diffusent deux produits très toxiques pour la bande de cœurs troués qui se baladent dans cette maison : d'abord du vide visible et ensuite des souvenirs de vie de toi ici. Les deux cumulés, ça arrache la gueule.

L'ombre de la porte de ta chambre a encore poussé. Elle envahit tout le couloir, on est presque obligé de se baisser lorsqu'on veut aller aux toilettes. Si on ne se baisse pas, on se prend l'ombre en pleine poire, ça serre la gorge un bon coup et on repart le souffle court. J'ai vu papa, Lisa, tonton Fico, tout le monde ici, y passer. Mais personne ne dit rien.

Je me résous à aller dans mon lit. Je prends mon assomnifère et j'ouvre le premier livre que m'a donné le géant. Il ressemble à un vieux grimoire, mais format poche. La couverture est aussi épaisse et rugueuse que l'écorce d'un arbre. Je le manipule comme j'aime le faire avec mes livres fétiches. Passer le plat de la main dessus, l'ouvrir, le fermer, le feuilleter en accéléré à l'aide du pouce, m'arrêter au hasard sur une page, lire un passage, goûter les mots comme on trempe le doigt dans une sauce, et renifler l'odeur du papier tout neuf, ou tout vieux, de la colle aussi, entre les pages.

Le bruit que je fais en feuilletant est assourdissant. C'est le son de la maison, il a changé.

Est-ce qu'il y a de la magie dedans ? Il m'a dit que les livres étaient de bons outils pour se battre contre la nuit. En tout cas ils ravivent les souvenirs.

Je me rappelle que quand tu me lisais tes petits textes, tu lisais à toute vitesse parce que ton cœur battait plus vite à l'idée d'une mère qui lit ses écrits à son fils.

À soixante ans passés, ma mère a eu une crise de poésie. Elle s'est mise à écrire des petits textes, des histoires cachées en elle depuis trop longtemps. De courts récits écrits dans le prolongement de sa gourmandise et de sa mélancolie. Je pense qu'ils lui ont été salutaires un temps, ces « livres » qu'elle remplissait dans sa chambre. Elle s'asseyait sur mon lit et sortait « son livre », un vieux cahier à spirale et petits carreaux qu'elle avait dû acheter pour faire les comptes, pas de la poésie. Elle le manipulait nerveusement et lisait comme si ce qu'il y avait écrit risquait de s'effacer quand ses yeux le parcouraient. « Doucement, je comprends rien si tu vas trop vite ! – Oui oui », mais son flot cavalait de plus belle. Sa respiration était heurtée et sa voix manquait de souffle, mais ses mots par contre en étaient remplis. Des poèmes-cannelle, avec le même goût que sa cuisine.

Pour son anniversaire, je lui ai offert son premier livre : un carnet relié « *Petit Prince* de Saint-Exupéry », le même que celui que j'utilise pour mettre au propre mes histoires. « Comme ça tes poèmes n'auront plus à traîner à côté des mathématiques ! »

Il y a encore peu de temps, j'allais lui dire bonne nuit dans sa chambre et elle me disait : « Tu veux que je te lise mes nouveaux... ? » Ça la rendait timide de prononcer le mot « poème » en parlant de ce qu'elle écrivait. Elle avait sacralisé sans trop s'en rendre compte l'acte d'écriture. Toujours le même stylo, toujours les mêmes carnets. Elle devenait sous mes yeux écrivain-cordon bleu, c'était agréablement bizarre. Elle me demandait des conseils, nous discutions à bâtons rompus de chacun de ses textes. Elle les lisait très peu, écrire était devenu une sorte d'activité secrète qui l'excitait et lui faisait peur, mais elle avait pris goût à ses rendez-vous nocturnes avec elle-même.

J'ai récupéré son carnet Petit Prince, je le garde près de moi, avec les livres du géant.

L'effet de l'assomnifère n'est pas radical, je glisse dans mon ombre jusqu'aux yeux, pour y voir bien noir même avec les yeux ouverts. Je crois que la mécanique de mes paupières est cassée, je ne peux plus les fermer. Les souvenirs surgissent, en boule. L'hôpital, les crans de la machine à morphine, Charlotte et ses un an et demi qui trottine dans le couloir, Mathilde et ses six ans et demi qui reste assise. Un peu plus loin, toi qui caches les œufs de Pâques dans le jardin. C'était avant les fils en plastique et les aiguilles.

Un an et demi plus tôt. Je rentre d'une tournée, Lisa et papa viennent me chercher à la gare. Tu étais fatiguée depuis quelque temps. Tu étais hospitalisée quelques jours pour subir une intervention bénigne, m'avait-on dit pour me protéger. Aujourd'hui, je suis de retour, papa m'annonce que tu es gravement malade, mais que le plus dur est passé. L'opération a réussi. Lisa étouffe un sanglot.

9 heures du matin, tout le monde est réveillé. C'est le grand petit déjeuner dans la cuisine. Il y a de l'anesthésie sur les tartines. On en a mis partout, pour que personne n'explose. Nous sommes bien là, toute la famille réunie, à essayer de se parler et de manger. Papa, Lisa et moi commençons notre longue journée de logistique funéraire.

D'abord, la mairie : épeler ton nom, pour bien dire que tu n'existes plus. Puis le cimetière : choisir l'emplacement. Comme au camping, ombragé, pas ombragé, près de la sortie, loin de la route, à l'abri du vent... Il y a du vent même dans les coins dans ce cimetière. On repère un endroit près d'un robinet, pratique pour arroser les fleurs, et d'une décharge à fleurs fanées, un petit carré où on jette les squelettes de fleurs. L'endroit le moins triste du cimetière. Tasser son cœur au fond du cerveau pour arriver à réfléchir à ces absurdités dérisoires et choisir, dire « oui, là, c'est *bien* ». Tu trouves ça bien, toi ? Il y a un acacia, je sais qu'il ne produit que des épines et des ombres coupantes, mais il est vivant, tu seras à côté de quelque chose de vivant. Il te donnera à boire de sa sève, tu t'échapperas par ses racines et tu fleuriras en plein ciel.

Maintenant, le cercueil. On entre dans ce magasin de pompes funèbres, il ne manque plus que les porte-clefs en marbre et les pin's « Rest in peace ». Toute la collection « mort automne-hiver » est arrivée : faux bouquets de marbre, tombes échancrées ou aux courbes pleines, plaques pour graver de la poésie « à notre ami, à notre tante »... à notre maman, ils doivent l'avoir celle-là aussi. Un bonhomme grisonnant, avec une amabilité de circonstance, vient nous sortir des catalogues de cercueils. Il faut choisir le motif et on le fait. Et « quelle couleur ? » et « quel type de bois ? », ah oui, le chêne, c'est forcément mieux le chêne, comme pour un putain de meuble. On se trimballe nos cœurs comme des boulets de chair. Ils traînent derrière nous, on se les emmêle tous les trois. On se concentre et on essaye de faire au mieux, de choisir ton cercueil. Le cerveau envoie son anesthésie en force, nous sommes à moitié sonnés. Je planque mon cœur au creux de mon ombre. J'aimerais donner de cette ombre de géant à Lisa et papa mais je ne sais pas comment faire. Peut-être que je devrais rappeler le géant. Pas en plein jour, il appartient au monde de la nuit. Il est de ceux que l'on ne « peut pas voir ».

Dernière étape : rencontrer la sainte dame qui s'occupe de la cérémonie à l'église. Choisir les musiques, les textes à dire. Encore de la voiture, avec un papa téléguidé par je ne sais quelle force qui continue à nous mener de point en point. Bon, le truc déjà c'est qu'on est un peu fâchés avec les bondieuseries dans la famille. On a tous reçu une éducation catholique, mais, de père en fils, on a préféré taper dans un ballon, aller faire le con dans les arbres, construire des cabanes. Sauf qu'aujourd'hui, on essaye de faire les choses comme il faut, pour que tu aies une cérémonie bien. Cette dame qui nous accueille dans sa maison cachée dans les bois n'a rien à voir avec les VRP de la mort qui vantent les mérites de la dernière pierre tombale bon marché. Elle est dévotion. Ça existe. C'est impressionnant.

On arrive et l'odeur de sa maison est caractéristique de la maison de vieux. Cette vieille cire qui n'existe plus et qui prend à la gorge. On se regarde avec ma sœur, « comme chez mémé... », des années que je n'ai pas senti ça. Nerveusement, ça commence à nous faire marrer. Comme si c'était trop de noir foncé toute la journée et que là, cette petite dame pleine d'entrain qui se met à chanter des « Jésus la la la » avec une conviction sans faille en battant la mesure, c'est trop. Une décompression chatouilleuse. Le vieux napperon sur la table, les bibles, les bibelots de saintes vierges, la panoplie du bon Dieu et elle qui ne s'arrête plus dans ces « lalalala JéEEEsUUUUs ! » Pas possible. Oh je l'aurais bien prise dans mes bras pour lui dire, on a besoin de gens comme vous, Église ou pas, vous êtes formidable. C'est ce qu'elle aurait mérité d'entendre. Mais je ne peux que pouffer comme un débile. Les nerfs ont changé de manière de s'exprimer d'un seul coup – erreur d'aiguillage. Tout le monde un tant soit peu coquin a connu un pote avec qui le moindre regard complice pouvait déclencher un fou rire irrésistible, surtout quand il ne fallait *surtout* pas se marrer. Genre en classe. Genre maintenant. Depuis tout petit avec ma sœur, nous avons cette complicité de la rigolade. Rien que de sentir que ma sœur a envie de se marrer, déjà ça me chatouille. La voilà qui ressurgit du fin fond du trou noir. On se prend un fou rire imparable. Et plus on rigole, et plus la petite dame met tout son être dans ses chansons à la Jésus reviens lalalala, Oh putain elle va sortir le sirop d'anthésite, cette espèce de Coca sans bulles à la réglisse que nous servait toujours mémé. C'est un sketch. lalalaJésus par-ci Jésus par-là ! Et allez qu'elle met un CD dans la platine avec une espèce de chorale de bonnes sœurs, du gospel tout blanc et tout mou. Oh my god ! C'est affreusement comique la façon qu'elle a de rechanter par-dessus avec sa voix de pinson vindicatif. Elle donne tout !

J'essaie de ne pas croiser le regard de ma sœur, j'ai le hoquet tellement je me retiens de rire. Et plus ce petit bout de dame s'affaire pour nous organiser les chants de la cérémonie, plus on a envie de lui montrer notre reconnaissance, plus le fou rire est impossible à réprimer.

Retour à la maison. Les rires spasmodiques se sont calmés. Les sourcils se froncent et chacun s'enfonce de nouveau dans les traits les plus sombres de son visage. J'enfouis mon ombre de géant dans le trou de mon cœur, sorte de machine à laver avec du sang à la place de l'eau et de la peau à la place du linge. Temps de séchage : une vie entière.

Quand je parle, j'entends mon cœur taper dans ma gorge et ça me déstabilise comme quand on entend deux fois sa voix dans un téléphone portable. Avec l'ombre dans le trou du cœur, ça s'assourdit légèrement. Je colmate les brèches pour apprendre à ne pas craquer tout le temps et à aider les autres. Ça marche un peu.

Quand ce sera mon tour de mourir, je voudrais m'évaporer. Je ne veux pas que quelqu'un que j'aime ait à choisir où m'enterrer et dans quelle boîte.

Je retrouve ma chambre. Je m'installe dans mon lit qui craque comme avant. L'interrupteur fait le même son d'interrupteur qu'avant. Je pense à ce géant ombrologue, il me fait un peu peur mais je préfère songer à lui qu'à tout le reste. Je me sens relié à lui par cette ombre, ça me secoue les rêves, ils ont besoin d'exercice, ça tombe bien. Je feuillette encore le livre mais sans le lire vraiment.

J'ai le corps gros, parce qu'un cœur cassé ça va partout dans les veines, ça se répand et on enfle. Ça tire comme si on venait de faire une bonne chute de vélo, nu. Frottez-moi du bitume glacé dans la bouche, envoyez les croûtes de gravier coupant, enfoncez ! Allez, je me tire de ce corps-là. Oui ! De toute façon, depuis tout petit, je le trouve trop petit. Le géant a été gentil de me prêter une ombre de grand. Ce mec est un fin psychologue, ne serait-ce que pour ça !

Toute la famille reste dans la maison, on attend l'enterrement. Chacun réunit ses outils de vie à sa manière. Certains lisent, d'autres ne disent rien. On s'applique pour ne pas couler, on met du sien dans chaque petit geste.

Qu'est-ce que c'est encombrant cette ombre ! J'ai l'impression que je vais tout renverser avec. J'ai conduit un vélo toute ma vie et me voilà aux commandes d'un vieux train, je ne sais plus où me garer. J'essaie de la façonner à l'image d'une ombre d'oiseau cool, un qui vole avec classe. Un qui est plus léger que l'air et qui s'en fout de la nuit sur ses épaules. Le genre d'oiseau sans glandes lacrymales qui ne pleure pas même avec le vent glacé en pleine gueule. Le genre d'oiseau que tu serais fière d'avoir couvé. Un truc si fort qu'il pourrait aller te kidnapper au pays des morts, attraper les saisons dans la paume de sa main et diriger l'aiguille du temps vers le printemps. Tout est possible, il faut que tout soit possible, sinon plus rien n'a de sens, c'est la moindre des choses « tout est possible » ! Parfois j'en ai seulement besoin pour me cacher, à d'autres moments pour disparaître, pour qu'on me foute la paix, et moi le premier. Mais le mieux serait tout de même d'en faire un costume d'oiseau et de voler, parce que j'en ai marre de racler ma gueule en souterrain, de ne rien y voir du tout et je me dis que peut-être dans le ciel, ou juste au-dessus, je te croiserai.

Alors, je me mets au travail pour faire quelque chose de mon ombre. J'y vais avec les doigts, et c'est froid. Je tire dessus, j'ai l'impression de tendre une voile. Ça me fait mal, comme si je me tirais les cheveux. Je pétris dans le sens de la longueur et je découvre que la douleur s'atténue ; sans doute que l'ombre fonctionne à la manière d'un muscle. Il faut l'échauffer. Je me blottis, le dos contre le chauffage électrique. Je m'aperçois dans le reflet de la fenêtre. J'ai l'impression d'être une chauve-souris trop vieille pour moi. Pour un peu, avec mes bras un peu maigres en guise de baleines, on me prendrait pour un grand parapluie noir. Voilà le résultat de mes premières manipulations, je ressemble à un vieux parapluie ! Un genre de fou volant du début du siècle version gothique. Vampire ailé genre récup', à base de parapluie cassé. Je me dis d'accord, on va se foutre de ma gueule dans la rue avec ce truc qui pendouille derrière moi, mais si ça marche, et que je vole, les mêmes qui me rigolent dessus viendront gentiment me poser des questions du style « Comment tu as fait pour y arriver ? Ça s'achète où ce truc ? Eh, tu peux me signer un autographe... c'est pour mon petit frère... »

Je prends mon élan dans le couloir... Je pousse sur les jambes et... eh bien pour l'instant ça ne vole pas. Ça fait un bruit de 10 000 papillons enfoncés dans le tympan, mais ça ne vole pas du tout.

Je reste bien cloué au sol.

Heureusement que je fais ça la nuit, parce que je crois que ça aurait tendance à effrayer toute la famille de me voir me pelotonner contre le radiateur à moitié nu à prendre le couloir pour un tarmac. En d'autres temps, j'aurai pu me faire gentiment chambrer, genre « hé, Birdy, c'est bon, là, tes conneries, viens mettre la table... », mais là, non.

Je n'ai pas le mode d'emploi des ombres, je dois me l'inventer, et pour l'instant, c'est pas trop ça. Le géant m'a prévenu que je devrais me débrouiller seul. Dès demain soir, je tenterai de nouvelles expériences.

Je pense que si j'utilise un briquet allumé en permanence, l'air chaud va gonfler mon ombre et je vais me balader en l'air, véritable montgolfière humaine. Ce serait bien de sentir les chevilles lâcher prise en quittant le sol, décoller ! Délicatement, comme si le vent en personne venait me cueillir avec ses doigts. Je serais là, bien concentré, le pouce sur la mollette du briquet pour entretenir l'air chaud, et je replierais les genoux comme pour rentrer le train d'atterrissage !

Même dans un gros avion supersonique aussi sexy qu'un bus climatisé du ciel j'aime voler, ça me remonte mécaniquement le moral, c'est physique. Alors, j'imagine que voler de mes propres ailes, juste avec un peu de feu et des ombres, me ferait le meilleur effet.

III

Il faut y aller. Enfiler son costume. Le même que sur scène, j'en ai pas d'autre. Tout le monde est triste et beau. Bien habillé. Les mains se cachent dans les poches. Dans mon pantalon de costume souple, je peux serrer la petite horloge cassée. On y va, malgré la peau des yeux aussi ridée que la surface d'un lac un jour de grand vent.

Les invités de l'enterrement avancent, penchés comme des fantômes d'arbres morts. Des gens qu'on aime sont là, ils ont l'air gêné, avec leur sac d'amour dans les bras. Ils veulent nous le donner sans nous encombrer. On sait pas quoi en foutre de tout cet amour dans les yeux des gens, des fleurs et des bondieuseries à la pelle. Ils sont tous venus déguisés en cadeaux sombres. Les hommes encostardisés, moi le premier, les femmes endimanchées pour la mort. On peut dire que c'est pour toi, on peut dire ce qu'on veut, mais reste la mort et rien d'autre.

Le soleil tape sur l'église au moment où tu arrives dans le cercueil que nous avons choisi. Il tape sans chaleur, comme un souvenir de l'été. Les platanes du village nous montrent le chemin, eux aussi ont mis leur costume sombre pour l'occasion. Ils emportent le vent dans leurs branches, c'est la musique de fond, pour que le silence n'agrandisse pas trop le vide. Et le vent secoue les habits bien repassés et les cheveux bien coiffés. Les gens laissent tomber leur sac d'amour par terre et tout se brise. Je le connais ce bruit de cœur qui se casse. Même les fleurs qui se frottent les unes aux autres sonnent comme des os. Je les aime, les gens, dans le dérisoire, à être juste là. Ils ne prétendent à rien d'autre que ça, ils sont là. Je sens mon ombre qui se déploie, je m'y agrippe et la roule en boule dans les poches de mon pantalon, je ne veux pas qu'on la voie. Le cercueil est là.

Vous pouvez toujours organiser ça cérémonieusement, ouvrir le coffre du corbillard et les portes de l'église, elle est déjà partie, c'est truqué. Vous ne l'aurez pas. Je vous assure que c'est truqué. Elle n'est pas là-dedans, elle est déjà loin, je la connais, elle est espiègle, on ne peut pas l'attraper. Les espiègles, on ne peut pas les tuer. Elle prend son élan pour revenir, ne lui prenez pas son élan, ne touchez pas la boîte comme ça, vous allez lui faire mal avec vos fleurs.

Le soleil tape sur le cercueil, et tout ça s'enfonce lentement dans l'église. La petite dame, ce petit morceau de drame comique, agite ses bouclettes grisonnantes et met son cœur dans la bataille avec le vide. Elle est un beau Don Quichotte, ça fait du bien les dons quichottes, toujours. Je ne ris pas cette fois. Je ne comprends pas comment je ne me transforme pas en rien, mais ça tient.

Lisa lit deux poèmes de maman, forte comme un vase rempli d'eau de larmes. On peut voir bouger les fleurs noires et vertes dans ses yeux, on peut entendre craquer distinctement les épines dans sa bouche. Elle lit pour toi. Elle te lit pour nous.

Nous sortons de l'église, direction le cimetière. Barre-toi ! Sauve-toi !

Le cortège funèbre, gros mille-pattes avec une tête de corbillard qui fait des petits bruits de bitumes, s'écoule vers la sortie du village. Les oiseaux pépient peinards dans leurs 11 heures du matin tièdes. Jack-le-Géant apparaît derrière mon dos, arrange un peu mon nœud de cravate, celui que j'ai dans la gorge, et défroisse mon ombre du plat de sa si grande main. Il a toujours son con d'escargot collé sur son oreille gauche. Je regarde Lisa, je vois qu'elle ne le voit pas, alors je dis rien. Je me retourne, les platanes de l'école ne nous ont pas suivis, nous arrivons à l'entrée du cimetière.

Le petit tracteur jaune du service funéraire nous attend. Il a creusé ce matin. C'est prêt. Le monticule de terre retournée tubercule le sol au milieu des vieilles tombes. Une centaine de visages fermés à double tour pénètrent l'enceinte du cimetière. Le mille-pattes géant se stabilise devant le trou. Le corbillard crache le cercueil dedans. Ralenti. Les gens jettent des larmes, des fleurs et des poignées de terre. Je le sais que tu es enfermée là. Je le sais, mais je ne peux pas y croire. Maintenant, je le sens. Je me vois à travers. Comme un pressentiment qui devient une évidence. Je n'ai plus de sang, j'ai de la nuit dans les veines, noire et glacée. Je frissonne, ombre et peau comme le foc d'un bateau. La grande tempête, en silence s'il vous plaît.

La température de mon cœur tombe en dessous de zéro. Tu es morte. Mon ombre de géant se déploie encore et flotte dans le vent. C'est pas le moment. Elle va s'accrocher dans l'acacia qui te surplombe. Jack surgit de derrière une tombe et la décroche doucement.

Je vois le trou, avec le cercueil dedans, et maman dedans. Je vais sauter. Le vent veut me caresser la peau, mais les circuits sont coupés. Je ne sens rien, je ne suis rien.

Jack tire violemment sur l'ombre, comme un cocher décidant d'arrêter net sa voiture. Ça me fait peur, je me retourne. Il me regarde avec sa gueule d'épouvantail.

Je veux crier plus fort que le dernier craquement d'un séquoia, avec un microphone planté dans mon cœur, un autre dans ma gorge et des baffles plus grands que le ciel pointés vers le trou. Écoutez-moi ce son ! dix orages de foudre au bout de mes dix doigts à claquer contre mes dents diatoniques la mélodie de Dieu ou du diable, n'importe laquelle, je veux celle qui perce et que tu entendras. Je veux te réveiller, je veux qu'on te rende à nous !

Jack est impassible, il m'écoute crier. On dirait qu'il fait le con avec des ombres chinoises géantes entre les branches de l'acacia. Ou qu'il tente de m'effrayer, c'est sa manière à lui d'essayer de me changer les idées, depuis le début il fait ça.

Papa et Lisa ont les yeux brouillés. C'est l'omelette la plus amère du monde qui cuit sous leurs paupières, on risque d'avoir ce goût longtemps. Les gens nous regardent comme si on avait du sang plein la gueule, ils ont sans doute raison.

D'un coup, j'ai honte de risquer d'embarrasser tout le monde à déconner devant le trou. Je ne fais plus le moindre bruit. Le grisonnant du service funéraire me dit qu'il faut partir. Le mille-pattes de gens tristes se disloque à l'arrière du cimetière et se reforme dans les voitures. Le tracteur jaune échauffe ses tentacules de métal. Pelle mécanique bien huilée, ronflement de moteur.

— Il faut y aller, monsieur...

— Merci, je réponds pour être poli.

— Avec plaisir, euh, de rien, c'est normal monsieur.

Si c'était pas une histoire de tradition et de respect pour les autres « habitants » du cimetière, en plus des fleurs, je t'amènerais des gâteaux et des livres. Des oiseaux, il faut des oiseaux, je vais planter des œufs d'oiseau, j'irai en cachette et tu finiras par éclore de nouveau, j'irai t'arroser, je bois tellement de limonade que mes larmes ont des bulles, est-ce que ça marche de s'échapper dans une bulle ? J'irai recueillir tout ça, et tu ne te perdras pas dans la terre noire, j'organiserai ton évasion. Les employés municipaux et les gens qui travaillent la mort n'y croiront pas, ils diront peut-être que ça ne se fait pas, mais j'y arriverai.

Les gens qu'on aime sont à la maison, où une espèce de pique-nique surnaturel est géré par la famille. Il y a des sandwichs au jambon, des boissons pétillantes ou non, des pistaches, on dirait presque que c'est toi qui as tout préparé. Les plats que tu aimais utiliser sont là, remplis de grignotage. Les visages se desserrent un peu, on entend presque les gens souffler, puis parler. La vie ne peut pas s'arrêter, alors on fait comme si elle continuait, on mange des sandwichs en évoquant des choses de la vie normale.

Et cette normalité est apaisante, finalement. Le frémissement des discussions discrètes, les légers bruits métalliques des couverts et les petits pas désordonnés des gens dans le jardin. Ici et là, on sort de sa coquille en baissant les yeux et en faisant doucement quand on éclôt. On laisse un peu se dégourdir la mécanique, comme un pilote automatique mais bien humain qui dirait « Allez vous reposer un peu, je prends le volant, ne vous inquiétez pas. »

Je me dirige vers la salle de bains. Et, en passant devant la porte de ta chambre, j'ai vraiment l'impression que tu vas sortir, que tu vas parler, avec tes mots et expressions intacts. Je mouille mon visage, défroisse mes paupières, et retourne avec les autres.

Jack est dans le jardin, à côté de la balançoire. Il bouffe des pommes de pin.

— Tu veux pas un sandwich au jambon ? je demande.

— Baaaah ! De la nourriture de nain, ça ! Pas de goût ! Je préfère les arbres... Moi mon gars, je croque les troncs jusqu'aux écureuils et je peux te dire, un écureuil tendre avec un peu de sève et le craquant de l'écorce, c'est inégalable !

— Et les pommes de pin, tu trouves ça bon ?

— Trop bon ! C'est comme des pistaches sauf qu'il n'y a même pas besoin d'enlever la coquille ! Les pinèdes, c'est Pâques pour moi. Et quand ces fruits en bois sont fourrés à la limace, eh ben là, mon petit gars, c'est mieux qu'un After-eight !

— J'ai peur que les gens te voient, et qu'ils voient mon ombre aussi. J'ai pas envie d'expliquer maintenant que tu es un géant qui m'a prêté un bout de son ombre pour m'aider à combattre la mort et tout ça. Plus tard peut-être, dans une chanson... mais là, j'aimerais garder ça pour moi.

— Naaaaah ! T'inquiète. Je suis un géant discret, j'ai pas l'habitude de me faire remarquer, ah ah ! *Look look ya !* Comme je me fonds dans

la foule, dit-il en chuchotant avec sa voix de tonnerre étouffée. Regarrrrlllde !

Il fait une imitation d'arbre en écartant ses
bras et ses doigts. La ressemblance avec un
chêne brûlé du désert des Agriates est assez
réussie.

— Je vis dans ton rêve, personne ne peut voir
tes rêves. Ceci dit, dit-il avec sa curieuse position
dos recourbé/index pointé, tu dois continuer à
rêver de toutes tes forces...

— Rêver maintenant ?

— Maintenant ! C'est ta meilleure arme pour
rester vraiment vivant. C'est d'ailleurs le cas
pour tout le monde. Mais vu ta situation, c'est
une priorité ! Ah oui !

— Oui ? Je ne suis pas sûr de savoir encore
comment ça marche, les rêves.

— Lis les trois livres que je t'ai prrlescrrlits, ils
t'aideront à réactiver ton potentiel onirrrllllique.

— Mon potentiel onirrrllllique...

Je prends la même pose d'arbre mort que lui
et tente une imitation de son étrange accent
écossais... Il fronce les sourcils et ça fait le même
bruit que lorsqu'on vide son verre d'eau dans
l'herbe.

— Mais oui ! Tu es vivant, tu es donc une
machine à rêves en état de marche. Tu dois seulement continuer à actionner le mécanisme ! La
preuve qu'elle est pas foutue ta machine à rêves,
c'est que tu as un grand con de géant qui est
venu te filer un morceau d'ombre et bouffer des
pommes de pin dans ton jardin, hé !

— C'est la petite horloge, je n'ai fait que lire
les inscriptions de la petite horloge...

— Cette horloge marche au rêve, au fait de
croire, et uniquement à ça.

— Oui ?

— Eh oui ! Mais tu dois réapprendre à rire, à manger avec goût, tu dois rééduquer ton goût ! Sers-toi de ton ombre, lis, rêve, repose-toi, amuse-toi, même si ça te paraît aussi impossible que le jour où tu as essayé de faire ton premier accord de guitare. Tout va te paraître dérisoire, mais n'abandonne rien. Ne cède rien au désespoir ! Utilise tes rêves. Et même s'ils sont cassés, recolle-les ! Frotte-les à ton ombre magique, tu verras mon gars ! Un rêve brisé bien recollé peut devenir encore plus beau et solide. Au point de frrrrlllacasser les limites du réel. (Il dit ça avec son sourire tailladé sur son visage si vieux, si vieux qu'on le penserait plus vieux que les morts.) Aime les choses ! Tu es vivant ! Et si tu es triste à mourir, c'est normal, assume-le. Mais ne te laisse pas aller, va... Revendique-moi un peu ce cœur-là !

J'ai envie de lui balancer que c'est facile à dire, et qu'il a l'air fin avec ses pommes de pin plein la gueule et ses doigts tout collés de résine, mais il me fait toujours un peu flipper, en même temps qu'il me fait sourire. Et puis je sens qu'il y met du sien pour me remonter le moral. Je continue à l'écouter sans rien dire.

— Il te faudra un peu de temps. Les cataclysmes, c'est lourd à digérer. Mais garde bien l'idée de vie en tête. Même si ça te paraît loin, inaccessible, applique-toi et fonce à ton rythme. Et puis je suis là pour te réenclencher les mécanismes. Je peux tenter de t'épouvanter, jeune homme ; de te faire rire aussi. Il te faut des histoires, pas seulement pour t'amuser. Tu dois réapprendre à te souvenir sans te laisser bloquer par la peur. C'est le plus important maintenant.

— Mais j'y comprends rien à l'ombre que tu m'as donnée.

— Ça va venir.

Les enfants, plus ou moins atteints de tristesse selon leur âge, jouent à la balançoire. Ce va-et-vient me fait du bien. Jack dénote dans cette pinède aux odeurs d'été. On dirait un morceau de nuit perdu en plein jour. Il sent l'hiver. Pourtant sa présence réchauffe mon cœur. Il a l'air de pouvoir être encore plus triste que moi. Plus seul aussi, plus tout. Je me pince les lèvres parce que je ne veux pas pleurer devant lui. Ça suffit de pleurer devant les gens, ça les contamine et tout le monde ruisselle en deux secondes.

Jack se lève et se remet dans son étrange posture arc-boutée, ses deux yeux et son index pointés vers moi. Il prend son air grave, presque menaçant, c'est très convaincant. Faut dire que ça aide, de mesurer 4 m 50, pour prendre des airs graves et menaçants. Il se cogne à la barre transversale du portique qu'il fait sonner comme une cloche d'église, mais d'une église avec des cloches un peu pourries. Les nacelles vides se balancent toutes seules et un terrible bruit de vent accompagne désormais le flot de ses mots.

— Tu vas apprendre à mâcher les cataclysmes, petit, et tu les avaleras !

— Déjà que j'arrive jamais à finir les viandes un peu cuites...

— Eh bien, tu feras un effort ! Et puis les cataclysmes, c'est dur à avaler, mais c'est très bon pour la santé et ça fait grandir ! *Look at your big uncle Giant Jack uh uh !* Je m'en suis mangé des cataclysmes, pourtant à cent trente ans je claque la forme, je cours toujours le cent mètres en moins de dix secondes, et en marchant en plus ! Je mange les meilleurs fruits, cueillis sur les plus hautes branches. Je peux fabriquer du vent en secouant les bras comme un moulin. Je ralentis les oiseaux en plein ciel pour mieux les regarder. De temps en temps, j'en mange un, et si c'est un oiseau-fille, je l'aspire en entier, on ne voit plus que les pieds dépasser de ma bouche, comme quand tu finis tes spaghettis. (Il s'arrête et se retourne, on dirait qu'il a repéré quelqu'un en train de nous écouter parler.) Et puis quand je les ai bien regardés, pour les remercier, je secoue les bras dans l'autre sens pour les faire accélérer et leur rendre le temps que je leur ai emprunté. Quand il fait froid, j'ajoute du tonnerre dans la voix pour les encourager, et ils accélèrent comme des fusées de plume puis disparaissent derrière l'horizon.

Je le regarde – ça commence à me faire un torticolis. Je me dis qu'il doit être bien seul comme garçon, pour avoir besoin de s'intéresser aux oiseaux et aux gens à moitié morts ; ou que c'est un vrai gentil, comme la petite vieille de l'église. En même temps j'ai pas trop compris sa blague sur les filles qu'il embrasse en mangeant.

— Mais tu te sens pas un peu seul ?

— Et alors ? Je suis peut-être un vieux con de géant seul, mais mon ombre me permet de voyager incognito et mes grandes jambes de partir loin. Mes souvenirs et mes rêves m'aident, aussi. J'ai ce souvenir d'une fille qui dormait dans mon cœur, se réveillait chaque minute pour actionner mes battements, et se rendormait. Un jour, elle ne s'est pas réveillée, mon cœur a séché comme une vieille connasse de grenouille... (Il a du sourire dans sa voix, on sent que ce type se délecte à l'idée de dire des grossièretés.) J'ai tapé contre ma poitrine, j'ai hurlé, je me suis jeté contre les arbres, mais rien.

— Tu n'as eu pas peur ?

— Hein ? Tu oublies que tu parles à un spécialiste de la peur ! Les ombres, les frissons, c'est mon rayon.

— Et alors, les clowns ne se marrent pas toute la journée ! Tu pourrais avoir peur de temps en temps, non ?

— Pfff, rien à voir, rien à voir !

— Et qu'est-ce qui est arrivé à la fille cachée dans ton cœur ?

— Elle n'est jamais revenue, alors je l'ai reconstituée à partir des merveilleux souvenirs qu'elle m'a laissés et des graines de rêves qu'elle a semées un peu partout en moi avant son départ. J'ai pétri un bout d'ombre à son image, comme Gepetto avec Pinocchio, mais en version amoureuse, sauf que je ne suis jamais parvenu à lui redonner vraiment vie. Mais elle m'éclaire encore, et parfois elle me brûle pour que je ne l'oublie pas.

— La mienne fait ce genre de trucs aussi !

— Une flamme-femme ?

— Mieux ! Une étincelle vivante, mon vieux.

— Ah ! Et tu l'as mangée ?

— C'est une sale manie chez vous, les géants, ou quoi ?

— NAAAH, embrassée, je veux dire, entièrement, avec passion !

— Ben oui... Mais toi, tu l'aurais pas mangée, la tienne, des fois ?

— Tout de suite les grands mots...

— Comment elle s'est retrouvée à l'intérieur de toi ?

— On s'est embrassés, et comme elle était toute petite, elle est tombée amoureuse dans moi.

— Et tu crois que tu vas me faire avaler ça ?

— Tu as le sens de l'à-propos, *little man*... Mais les choses que je mange vont dans mon estomac, pas dans mon cœur ! Je me sens plus seul que les morts, mon gars. Je ne la reverrai jamais.

Il brise les pommes de pin qu'il faisait rouler entre ses doigts, ça fait un bruit de crâne qu'on fracasse.

— *I'm my own fuuuuckin'Doctor, man !* Je n'ai JAMAIS peur, et je n'ai presque plus jamais mal au ventre. Mon cœur bat tout seul, en roue libre depuis bientôt cent ans. Pour l'instant, il tient. Je pleure presque jamais.

— Ça pleure pas les grands comme toi, de toute façon !

— Si, regarde... Attends !

Il se concentre, fronce à nouveau ses sourcils broussailleux. Tout à coup les traits de son visage se tendent, et ses yeux clignent en faisant un bruit de volets qui claquent. Je suis un peu gêné de l'avoir incité à pleurer maintenant. Deux grosses larmes jaillissent, comme propulsées par un tuyau d'arrosoir. Je les évite de justesse. Depuis les geysers islandais je n'avais rien vu d'aussi impressionnant.

— À quoi tu penses pour sortir des larmes comme ça ?

— Au temps où mes larmes étaient chaudes parce que mon cœur était habité par autre chose qu'un fantôme bricolé. Au temps où je pleurais pour les choses de l'amour, ce grand luxe mélancolique.

— Pourquoi ? Elles sont glacées maintenant ?

— Parfois même, ça sort en flocons !

— Oh putain ! Trop bien ! Fais voir !

— Bon, c'est pas un jeu... Allez, juste pour te montrer, alors !

Il est tout fier de se faire prier un peu, il aime bien qu'on le regarde faire ces trucs ce géant. Il me fait presque sourire, avec sa météo sentimentale. Qu'un type soit triste et seul au point d'avoir un cœur congélateur capable de le faire pleurer froid... Il m'a arraché durant quelques instants à cet horrible apéritif de la mort. Je sens bien qu'il joue la montre pour me distraire un peu plus longtemps avec ses histoires d'oiseaux et de fille, mais ça me convient...

Je me sens quand même pas très à l'aise dans la pinède. La réception touche à sa fin, et moi je suis assis dans l'herbe à attendre qu'il pleure de la neige par un bon 25 degrés à l'ombre, sachant très bien que pour y arriver il va penser à cette fille. Quelle idée j'ai eue de le provoquer avec ça ! Tout le monde sait pleurer. Quel con !

Il a fermé ses paupières en toussotant à sa façon, genre avion passant le mur du son. Charlotte et Mathilde sont assises à côté de moi. Je me demande si elles voient le géant avec leurs petits yeux d'étincelles. Elles m'écoutent parler tout seul, le cou tendu vers le ciel comme si je portais une minerve.

Il faut que je retourne avec les gens. J'essaie de sortir une phrase bien à propos pour lui faire comprendre que je ne peux pas rester trop longtemps.

— Excuse-moi mais je dois...

— Chuuut oh !

Ce « chut » m'a envoyé un frisson derrière la nuque. Ce type-là produit des « chut » très impressionnants, avec son index long comme un double décimètre posé devant sa bien grande gueule. En plus il essaie de pleurer, c'est très embarrassant. Il manquait plus que ça, que je me débrouille pour vexer un gars de 4 m 50 qui se promène dans mon jardin.

Tout à coup ça grince entre ses cils. Trois flocons de neige s'échappent et volettent jusqu'en haut du portique. Charlotte pointe les flocons du doigt et dit « Il neige » avec sa voix de souris douce. Jack ouvre grand les yeux et d'énormes tartes à la crème de neige se forment au coin de ses paupières. Les plus gros flocons que j'aie vus de ma vie se déposent sur les branches des pins. De la neige se met à tomber sur les fleurs d'été, à fondre sur les pétales, disparaissant lentement, aussi incongrue qu'un monstre en chemise de nuit qui se brosserait les dents dans ma salle de bains.

— Ça va quand même ? (J'ai un peu de rire nerveux dans la voix.)

Il cligne des yeux en détournant son immense regard.

— Mais oui ! dit-il d'un ton agacé. D'ailleurs, il faut que je file.

Je le regarde s'éloigner en enjambant les clôtures. Il fait trembler les étendages dans sa course, et cogne ses interminables pieds contre les arbres. Au bout d'une seconde, je ne le vois plus, mais je le localise grâce au mouvement de domino qu'il provoque à la cime des arbres. Je me demande s'il n'a pas écrasé d'animaux dans son empressement de géant maladroit.

Les festivités de la mort se terminent. Les gens rentrent chez eux par grappes. Et moi, j'ai peur de rentrer chez moi, alors que j'y suis déjà.

Je tiens toujours la petite horloge au fond de la poche de mon pantalon. Les ombres reprennent leurs droits. On peut presque les entendre s'emboîter dans les serrures et aux pieds des meubles. Ça fait des sons de frissons, les ombres. La mienne ne fait pas exception à la règle.

Le géant doit être loin maintenant. La maison est vide. Même la famille est partie. Les voisins redeviennent des voisins. Chacun a dit « au revoir », « courage », « à bientôt » ou un mélange des trois, et s'est engouffré dans sa voiture. Les voitures ont descendu le lotissement, et au bout de quelques mètres tout est devenu silencieux. Le vide est de retour. Il ne nous avait jamais vraiment quittés. Mais maintenant que toute la logistique de la mort a pris fin, le revoilà pile en face de nos gueules.

IV

J'ai encore du mal à convoquer les beaux souvenirs, les autres me tombent dessus sans crier gare. À la cuisine devant ton plan de travail, dans le couloir ou sur la terrasse, les ombres continuent leur travail de sape. Elles me piquent les yeux et me déversent des litres et des litres de souvenirs bien récents – les pires.

C'était un dimanche. Ton dernier dimanche. Nous sommes revenus de Lyon avec papa. L'orage rebondissait sur le capot de la voiture. À la clinique, tu dormais beaucoup trop. Les infirmières nous avaient dit des trucs étranges. Elles étaient toutes plus ou moins d'Europe de l'Est, elles avaient un accent tordu, on s'est dit que c'était pour ça qu'elles étaient bizarres.

Dans la voiture, nous avons réalisé sans nous le dire que, peut-être, nous ne te reverrions plus jamais. La tempête et la nuit sont restées empalées sur les essuie-glaces.

Deux jours plus tard, tu es revenue à Valence. On t'attendait dans le couloir de l'hôpital. Les portes se sont ouvertes, pleines de sons électroniques et médicaux. Tu es passée devant nous sur ton lit à roulettes. Ta bouche a essayé de sourire, tes yeux se sont presque allumés. Nous avions chacun une de tes mains dans les nôtres, on s'accrochait aux lueurs, on voulait que tu tiennes.

Ton sourire est resté, mais tes yeux, non.

Les jours passent, la nuit reste. Maintenant, tu me manques. Des fois c'est tes bras, des fois c'est tes pas dont je crois reconnaître le bruit. La plupart du temps, c'est toi en entier, avec ta voix et tes petites façons d'être ma mère. Je les vois dans le train, les enfants blottis au creux de leur maman. J'en souris un peu, puis je me sens seul avec mes frissons. La climatisation des trains est souvent trop forte, aussi.

Je sais que je dois m'entraîner à rêver et me souvenir, ne pas laisser le vide m'enfler la gueule comme une baudruche. Mais je n'y arrive pas tellement. Les livres prescrits par le géant, je les trimballe partout, je les feuillette un peu, mais je n'ai pas la force de les lire vraiment.

Mon téléphone vibre, je ne réponds pas, mais j'écoute le message. C'est la voix de papa :

« On s'est fait cambrioler la maison, ils ont volé les bijoux de maman. »

Je ne peux pas parler, je suis énervé comme un dragon, si j'ouvre la bouche je fous le feu à la moitié du wagon. Les mauvais souvenirs s'agglutinent au bord de mes lèvres. Il faut que je crache. Orage de piment. Est-ce que mes nouveaux voisins sont des voleurs de bijoux ? des casseurs de volets ? des piétineurs d'ombres ? des brise-rêves ?

Mais je leur échapperai, ferai des bras d'honneur à tour de bras, j'en aurai des bleus, j'en aurai des rouges. Et si l'insomnie me fatigue trop, j'irai goûter l'aube, les oublier, assis sur mon surf, en attendant une vague ou qu'il neige sur l'océan. Mon ombre sera aiguisée comme un silex et j'irai m'instruire aux choses de la patience. De l'écume de neige enroulée dans les crêtes ! Ça me chatouille vos morsures de chiens domestiques, j'en ris jaune rouge noir noir noir rouge, oui !

Je leur sers la soupe chaude en m'énervant contre eux, parce qu'on est toujours un peu ridicule lorsqu'on est en colère – surtout moi, parfois c'est même assez comique. Mais c'est mon dernier moyen de défense. Quoi qu'il arrive, que je devienne un costaud ombrageux ou que je reste un genre d'épouvantail, jamais de la vie je ne veux devenir tiède.

Le train berce tranquillement mes tempêtes de crâne. Le film de fenêtre déroule encore les plaines verdoyantes du centre de la France, volcan éteint ne crachant plus que de la Volvic et petits arbustes propres sur eux. Rendez-moi l'Islande ; Jack, fais-moi encore ton imitation d'arbre mort, donne-moi du vent et des orages ! Ras-le-bol de ce gentil 5 heures de l'après-midi aux nuages gris, elles me fatiguent leurs plantes domestiques le long de la voie ! Je veux bien grandir, je prends des cours avec un géant pour ça, mais je ne me sens pas obligé de devoir m'ennuyer comme un petit adulte fier d'être un petit adulte.

C'est l'heure de changer de train. Je me glisse dans une cabine quatre couchettes, sur celles du bas, deux enfants dorment, on dirait des anges en pyjama. Le papa dort en haut à gauche. Je grimpe en haut à droite, ça me rappelle les lits superposés avec ma sœur pour les vacances de ski. J'adore cette ambiance de cabane. Je m'amuse avec mon ombre de géant, rapprochant puis éloignant mes mains de la source lumineuse. En écartant bien les doigts façon Nosferatu, j'en aurais presque froid dans le dos.

J'ai découvert que je pouvais dérouler mon ombre façon écran de cinéma. Je l'installe quelques mètres devant moi pour visionner des rêves. Je n'ai pas le son, c'est comme pour les vieux films super-huit ou les projections de diapositives. Je pars à la Chasse aux trésors, dans les coins les plus reculés de ma mémoire, retrouver mes précieux souvenirs de toi.

Aujourd'hui, au programme, c'est « maman chef d'orchestre-cuisine ». Ma chambre transformée en salle de cinéma ! Je m'installe confortablement sous ma couette, ça va commencer ! je reconnais la cuisine, j'imagine les sons, je me souviens.

Elle était un peu sorcière pour faire à manger. Elle avait ses recettes, qu'elle ne voulait révéler à personne. Sa cuisine était son atelier, son antre à parfums et fumées. Elle faisait monter les œufs à la neige avec un coup de poignet souple comme un roulement de tambour. Pour les crêpes, elle ressemblait à un D.J., jonglant avec les plaques chauffantes et les poêles comme si elle passait des disques – à croire qu'elle cuisinait des disques mangeables, ou des crêpes écoutables dans mon vieux mange-disque orange. Elles étaient bonnes, ses crêpes, elles sonnaient « crrrépitissssima » tout craquait ! splashaient l'huile et les pincées ! De la neige ! Elle cuisinait avec de la neige, j'en suis sûr, elle faisait cuire la neige, elle montait les œufs en neige, elle fabriquait ses œufs, elle y logeait ses secrets. Elle y logeait l'histoire de sa vie. Danse de couvercles. Les plats claquent, clic-clac ! Les plaques ! La petite minuterie en plastique bat comme un cœur ! Elle y mettait du piment, « du sien » comme on dit. Elle tordait les boutons de la cuisinière, montait le son, mélangeait, faisait des expériences. Elle cassait un œuf et se lançait dans une préparation, même d'une petite chose simple à manger, c'est parti, la voilà, en chœur dans sa cuisine, elle fait chanter son orchestre à gourmandises, elle chante.

Tu criais parce que tu renversais des choses, que tu te coupais, ou que tu te brûlais, toujours le même doigt. Ça chauffait tellement qu'on aurait dit que tu faisais cuire la maison entière pour nous la servir toute parfumée. Même avec une armée de tourne-disques branchés en stéréo, je n'arrive pas reproduire le monstrueux son de craquement-cuisson que tu orchestrais dans ta cuisine. Les louches timbales et les cuillères-glockenspiel sur les assiettes, et les condiments, en pincées maracas ! tes tchic-tchic ! ton Espagne dans les plats ! Elle se danse ta cuisine, faites du bruit, je veux entendre encore. Faites-moi vibrer cet escalier, et la salle à manger, l'horloge en fer, détraque-moi ça, enlève les piles, mange-les, pends-toi aux aiguilles, remonte le temps, le temps d'avant, refais pousser les sapins de Noël, le temps où c'était possible que la putain de porte de ta chambre s'ouvre et qu'on te voie derrière, ouvrez-moi cette porte, et secouez les photographies, tu n'as pas fini le dernier livre que je t'ai offert, il est là, il t'attend, avec tes carnets à secrets et ton stylo-loupiote pour écrire la nuit, allez nom de Dieu ! Relevez-vous, relevez-nous, je n'en peux plus de cette porte !

Tu savais tellement bien l'accorder à la nuit tombante ton orchestre à gourmandises. Pâte à crêpes alto, barytonnes-belle Hélène... Est-ce que tu sais encore, dis ?

Le but du jeu pour moi, c'est de rester vivant malgré la mort. Avant j'étais un peu romantique avec tout ça, mais vraiment, c'est qu'une sale conne ! Maintenant que je vais au cimetière avec papa, je suis rectifié à ce niveau-là.

Je vois son visage se durcir à l'approche de la tombe, toujours. Il arrange un peu les fleurs, et nettoie quelque chose, il s'en « occupe ».

Je lui parlerais bien de mon histoire de géant, et de comment je débrouille mon deuil avec cette ombre. Comment je me cache, comment j'essaye de refabriquer de la vie à l'intérieur. Mais c'est trop tôt. Je ne trouve pas les mots.

Les semaines s'égrènent. Papa fait face. Il décide de repeindre tous les volets de la maison en blanc. Tu voulais une maison avec des volets blancs. C'est sa manière à lui d'habiller cette maison d'une nouvelle peau. Il s'applique, passe plusieurs couches. La peinture tient sur les volets, mais pas sur les ombres.

En réalité, papa ne peint pas les volets, il les recouvre d'un onguent magique. Mieux qu'une alarme vociférant ou des bergers allemands. Des volets imperméables aux cambrioleurs. La peinture ne tient peut-être pas sur les ombres, mais lorsqu'il en aura terminé avec toutes les fenêtres, je sais qu'il continuera son grand défi d'éclaircir les ombres de la maison. Certains jours, j'ai même l'impression qu'il est en train d'y parvenir.

Mini-victoires sur le quotidien.

Papa peint un tableau de Charlotte, vision assez évidente du transfert qu'il fait de toi sur cette petite fille qui te rappelle à nous. Elle te ressemble physiquement, et elle a des petits gestes à toi.

Papa n'a pas ton sens des courses folles et colorées, mais il fait l'effort avec les détails du genre la limonade artisanale ou les yaourts Actimel. Et il s'est mis à cuisiner des omelettes aux pommes de terre, ta grande spécialité !

La tortilla presque grillée, à l'espagnole, n'a pas vraiment le goût de celle que tu nous faisais.

— C'est bon hein ?

— Oui, très bon.

Il sait qu'elle n'a pas le même goût, il sait que je le sais, mais on dit rien. En même temps, elle est honnête son omelette, il se débrouille pas mal.

Au fil de mes venues, on plaisante un peu plus sur notre piètre condition vis-à-vis de la nourriture.

— Bon, on mange quoi ? des pâtes ?

— Oh non, ça suffit ! On devrait manger des pâtes aujourd'hui !

L'heure est aux sapins, guirlandes, étoiles et tous les trucs à étincelles de Noël, qui me giflent systématiquement.

Dans la façon de faire les paquets, tout le monde s'est entraîné à t'imiter. Des couleurs, du papier argenté, des boîtes en forme de cœur ou de bonbon.

Cette année, le but était de sauver Noël pour Mathilde et Charlotte. Elles ont ri, elles ont galopé toute la journée avec leurs nouveaux jouets. Je crois que nous avons bien imité Noël, sans marcher dessus avec nos grosses chaussures tristes. On a copié ta façon de faire la table, de mettre des bougies de couleur, du houx, des faveurs autour des verres, de la ferveur décorative, de la magie ludique. Ça sent l'hommage. Personne ne dit rien, mais tout le monde sait. Les oreillettes, ta spécialité, sont sur la table, mais personne n'ose manger la première. J'entends tes pas de l'année dernière, ils résonnent sous le sapin.

Noël, pour papa, Lisa et moi, c'est fini.

Dans la cheminée, au milieu des cendres, il y a une petite boîte à harmonica. Étrange. Personne ne m'offre plus d'harmonica depuis des années, parce que de toute façon j'en achète tout le temps à force de les user en essayant de nouvelles tonalités, ou de les perdre, tout simplement. En même temps, ça aurait pu être un cadeau d'appoint, l'harmonica ! Tu adorais faire ça, rajouter un petit truc, qui fait parfois encore plus plaisir que le présent principal.

J'observe cette boîte du coin de l'œil. L'éclat du plastique et des inscriptions brille, la boîte semble neuve. Sauf que le couvercle est passablement abîmé. Comme si quelqu'un l'avait jeté contre un mur... ou du haut d'une cheminée par exemple.

J'ouvre la boîte et découvre un harmonica basse en *mi bémol*, gravé « *GIANT JACK HARP* ». Je l'imagine bien promener sa grande carcasse dans le lotissement et se mettre sur la pointe des pieds pour balancer un harmonica dans le conduit de la cheminée de la maison !

Ça me rappelle quand tu insistais pour que je prépare une tasse de chocolat chaud pour le Père Noël, et qu'on allait tous les deux la poser comme un objet sacré sur le rebord de la cheminée, juste avant d'aller se coucher. Le lendemain, elle avait été bue à moitié, et je croyais dur comme fer que le Père Noël en personne s'était délecté de mon chocolat chaud. J'adorais ça, et dès que j'ai eu l'âge de comprendre le subterfuge, j'ai continué à aimer l'idée. Si j'ai des enfants un jour, je leur ferai le coup.

J'ai aussi eu ce petit instrument des îles comme cadeau, un ukulélé. Bien sûr, il n'est pas en bois de koa, parce que cet arbre hawaïen est en voie de disparition. Mais il vibre comme les vrais, fabriqués dans les années trente. Il faut le hanter un petit peu, voilà tout. Avec toutes les ombres qui se trimballent dans la maison, je suis à bonne école pour ça.

Allez, on y va. Mon petit frère sonique est calé contre mon ventre, et je chantonne, on se tient chaud ; ça me donne des envies de cabanes, tout ce bois amusant qui m'accueille.

Minuit sonne, tout le monde se couche. J'attends un peu que Charlotte et Mathilde soient enveloppées de sommeil – je ne veux surtout pas les interrompre en pleine séance de rêve un 24 décembre – et je file dans la pinède jouer de mon harmonica tout neuf. Il est dans la bonne tonalité pour chanter la chanson du géant, *Giant Jack is on my Back*.

« *Giant Jack is on your back, littleman !* » me susurre le géant avec sa voix de conteur d'outre-tombe. Je sursaute et ça le fait rigoler. Il me fait quand même flipper ce type, je ne suis pas certain de m'habituer.

— Merci pour l'harmonica, il sonne trop bien !

— Joue-moi quelque chose, pour voir...

Les nerfs du cou un peu tendus, je souffle l'air de *Giant Jack*. C'est embarrassant de jouer de nouvelles chansons devant lui. C'est pareil qu'avec papa. Même à l'époque du tennis, j'aimais pas jouer devant lui. Je voulais trop bien faire, et du coup je m'énervais encore plus que d'habitude.

— Hum... je vois ! fait le géant en prenant son air de docteur concentré. Montre voir ton ombre, un peu... (Il la prend entre ses doigts, l'approche de son œil droit tout en fermant son œil gauche.) Oui ! Très bien. Ça s'épaissit. Tu te solidifies, mon garçon. Et les livres que je t'ai prescrits, est-ce qu'ils te font du bien ?

— Un peu... J'ai lu le début de l'histoire de la femme acacia, celle qui plante si profondément ses épines dans le corps des garçons qu'elle embrasse qu'ils se transforment en passoire ensanglantée et se mettent à gicler comme des systèmes d'arrosoirs automatiques, balançant du sang sur les murs et sur le visage de miss Acacia, qui ne peut pas s'empêcher de rire et pleurer en même temps...

— Tu veux connaître la suite ? Je la connais... (il se racle la gorge) plus que par cœur...

— Allez ! (Il meurt d'envie de me la raconter, et j'adore la complicité qu'il instaure quand il me raconte ses histoires, donc je ne me fais pas prier.)

Jack allonge les bras et écarte les doigts. Ses os craquent et ce son l'amuse, il sourit de toute sa grande face de très très vieux Robert Mitchum.

— Après avoir éventré une bonne centaine de prétendants, elle tombe folle amoureuse d'un homme, au point d'apprendre à le caresser avec ses épines. Ils savent tellement bien s'embrasser que des fleurs commencent à pousser dans le ventre et au bout des épines de miss Acacia. Elle se met à prendre goût aux choses douces qui poussent dans le ventre et émet le désir de devenir maman.

— Et le garçon, tu ne m'en parles pas, comment il est ?

Il marque une pause en passant son pouce et son index sur son menton.

— Hum... Disons que c'est un grand modèle... Et l'histoire du top model qui se fait opérer des dents de sagesse et enfle comme un hamster, tu l'as lue ?

— Oui, je la connais, sa gorge gonfle tellement qu'elle s'envole et se retrouve en nuisette en plein milieu du ciel. Comment se termine l'histoire de miss Acacia ?

— C'est une histoire en cours... On ne connaît pas la fin... dit-il, évasif.

Il se met à fredonner :

— *Giant Jack is on your back, he takes off his shadow and put it on yOOOu.* Va chercher ton ukulélé, on va chanter tous les deux.

Je ne prends même pas le temps de répondre. Je dégringole la pinède au pas de course comme au temps des très grands jours. Je suis excité comme une puce, de vraies sensations de Noël. Je reviens tout essoufflé d'avoir grimpé la pinède avec ma guitare dans la main droite et le ukulélé dans l'autre. La lune se découpe bien dans la nuit, les arbres ont l'air attentifs, c'est un bon moment pour faire un peu de musique avec un géant.

Sa contrebasse bien posée sur les genoux, Jack a presque les mêmes proportions que moi avec le ukulélé.

— Sur scène, si tu fais croire aux gens que ton ukulélé est une guitare, ils vont imaginer que tu es un géant, ah ah ! C'est ainsi que l'on fabrique les géants dans les films. En les entourant de toutes petites choses pour fausser les perspectives.

— Tu devrais faire du cinéma, tu serais très crédible dans un rôle de géant

— Tu m'étoOOOONNNes, dit-il de sa voix d'orage.

On entonne *Giant Jack*, la chanson du Géant.

Intro : ukulélé-guitare.

— *Giant Jack is dead !* (C'est moi qui chante.)

— *Giant Jack is maybe dead !* (Il répond, et ainsi de suite.)

— *Giant Jack looks dead !* (Il imite les bruits d'orage et de vent avec sa bouche en faisant craquer ses doigts, trop bien.)

— *Giant Jack is NOT dead !*

Refrain, en chœur : *He's carrying his shadow from his grave city grave, skeleton trees growing on his own grave, I'm trembling cold like an arctic wind blowin', blowin'through his mouth, blowin through his teeth...*

— *He's on my back now !*

— *I'm on your back now !*

Break :

Jack attrape la cime d'un arbre et s'en sert comme d'une scie musicale. Le bruit des pattes d'oiseaux dégringolant des branches rythme le break. On dirait des extraterrestres sortant d'un vaisseau spatial en bois. Ils étirent leurs ailes jusqu'au bout des plumes, comme des footballeurs qui s'échauffent, et se mettent à siffloter avec nous. Un coucou caché je ne sais où se la joue sample hip-hop, des pics-verts martèlent le tronc façon punk-rock. Jack sort quelques escargots de sa poche et les écrase entre ses dents. Rythmiquement, c'est pas mal.

Tout à coup il lâche le sapin et les oiseaux valsent un peu partout en sifflant faux. Jack se met à rire. C'est la première fois que je l'entends rire vraiment.

Plus les oiseaux valdinguent, et plus il rit fort. Il en devient rouge écarlate. Il s'allume littéralement, il brille comme une deuxième lune, tout est illuminé dans la pinède. Jack-le-Géant, capitaine des ombres, défie le jour. Une grosse veine parcourt son front, son rire devient aigu, communicatif.

Le jour se lève pour de bon, l'euphorie retombe. Jack me fait un signe de la main, puis disparaît derrière les grands sapins.

Je reste un peu seul, assis dans la pinède. Ça m'a fait du bien de chanter, j'avais oublié.

Allez, en avant ! Il faut que tout s'accélère. Ce soir j'en ai plus rien à foutre des rêves et de la réalité. Dormir, manger et toutes ces conneries d'être vivant, je veux plus en entendre parler. Fermez vos gueules, les vivants, fermez vos gueules, les morts, je me tire. Venez, les étoiles, je vous prends une par une ! Allez, venez vous enfoncer dans ma bouche, je suis vide, j'ai de la place. Hantez, faites comme chez vous ! Brillez !

Je sais bien que je ne suis pas prêt, mais j'en ai marre de savoir, je veux sentir maintenant. Le vent frais, par exemple, de partout, j'en veux. Et si je glisse sur une peau de banane de l'espace et que j'aplatis ma tête d'enfant trop vieux sur la porte du garage, je ramasserai les morceaux, je me ferai un pansement d'ombres, je sais faire.

Devant ma fenêtre, le Vercors. Au sommet, le cou de la lune. Je vais aller voir ça de près. Je peux embrasser quelque chose. Est-ce qu'il y a des bras ? Tends les bras, Lune ! Je vais grimper à travers la pinède, comme quand j'étais petit. Je n'irai pas hurler face au vent, je n'irai pas pleurer dans la grotte où j'allais me réfugier après mes colères, je n'irai pas me foutre de la sève dans les plis de mes doigts, je ne reviendrai pas avec un pantalon troué aux deux genoux, je ne jouerai pas au foot avec les pommes de pin en hurlant, mais je vais prendre de l'élan, et tout en haut, comme un putain de loup, je vais gonfler ma poitrine, et mon ombre se dressera telle une voile noire.

Je cours à en perdre mon souffle, mes pieds se prennent dans les pommes de pin, je prends appui sur le toit de la maison, les tuiles bougent, ça sent la tôle brûlée, je vole !

Mon ombre de géant s'équilibre comme une aile delta, je me dirige en battant des bras. *What a fuckin'bird !* Jack serait content. J'arrache les étoiles comme on cueille les cerises, sans prendre la peine d'enlever la queue. Je les enfourne dans ma gorge.

— « Hého Mange-feu ! Tu vas t'étouffer, camarade ! » me harangue une voix que je connais.

L'horizon cabossé des montagnes approche. J'ai encore faim, mais je mets aussi quelques étoiles cassées dans ma poche pour les ramener à la maison. Ce soir, il me faut la lune, la lune minimum !

J'enfracasse les plaintes du ciel à coups de pied. La lune va dégringoler ! Je tiens en équilibre sur le Vercors et je secoue le ciel comme un prunier. Ce soir la lune tombera dans mon sac à dos !

Le ciel est en sang, la lumière de la lune verse des torrents électriques par le trou des étoiles mortes depuis longtemps. Je secoue, les étoiles tombent encore, faisant naître incendies et feux follets de-ci de-là. Il pleut des étoiles, les amis ! Sortez vos gueules, le ciel se change en étoile filante maintenant !

La lune tremble, tousse et recrache des nuages de brumes.

Quand la lune sera tombée, je la roulerai en boule, l'enfoncerai dans mon sac à dos et j'irai la planter au cimetière, sur ta tombe. C'est bon de se faire décrocher la lune, même quand on est mort, ça apaise, oui ?

Oh, qu'est-ce que je donnerais pour te serrer dans mes bras et embrasser ton front, arracher la nuit, te brancher sur mon dos. Je t'emmènerai loin, je te soufflerai partout sur la peau, tu le sentiras, tu te sentiras exactement comme avant.

Elle commence sérieusement à me démanger, cette ombre. Elle traîne par terre, elle est trouée, elle m'énerve. J'irais bien gratter derrière, voir ce qui se passe au pays des morts.

Allez c'est décidé. Ce soir, pas d'assomnifère, quelques gourmandises et, hop, je file au cimetière.

Ma mère avait le sens des commissions, je ne sais pas comment elle se débrouillait pour choisir ses produits, mais elle devait connaître la capacité du frigidaire au centimètre cube près parce qu'elle le remplissait toujours à ras bord sans jamais rencontrer de difficultés pour le fermer. Et puis c'était coloré, on aurait dit qu'elle n'achetait que des choses pour faire joli. Des trucs sérieux, genre jambon et boîtes de thon, mais aussi énormément de gourmandises.

Je farfouille dans les placards de la lingerie. Je tombe sur un merveilleux rescapé : un paquet de Pim's ! Le craquant du chocolat et la fine couche d'orange glissée dessous m'ont toujours mis de bonne humeur. J'en mange un dans la cuisine, un autre dans l'escalier du garage, puis je glisse le reste dans mes poches. Allez, mon fidèle destrier à roulettes est prêt. Don Quichotte 2000 s'en va combattre la mort !

Je descends le lotissement, c'est agréable en longboard, la pente permet une belle vitesse et le bitume est correct, malgré quelques terribles pièges en forme de graviers. C'est l'heure où les chiens imitent un peu trop bien les loups. Mon ombre se gonfle et j'effectue deux, trois gestes d'oiseau avec les bras, au cas où, mais ça ne fonctionne pas. La fenêtre de la voisine est allumée. Deux yeux me regardent prendre la route du cimetière sur un skate en pleine nuit, battant les bras et pliant les genoux. Elle a seize ans j'en ai trente et elle doit imaginer au mieux que je me transforme la nuit en oiseau à roulettes, au pire que je devrais pas me la ramener avec mes genoux fléchis et mes mouvements de bras, parce que tous les potes de sa classe skatent bien mieux que moi. Qu'est-ce qu'elle peut bien foutre à regarder la route à cette heure-ci ? Peut-être qu'elle rêve à un prince charmant, ou qu'elle attend un pote en mobylette qui va lui apporter du haschisch.

« Hé puffin du skate, va ! » me crie-t-elle soudainement. Je suis très fier qu'elle me traite de puffin : ces oiseaux macareux emblématiques de l'Islande ont un comportement qui me plaît bien, dans le sens où ils ont un appareillage physique d'oiseau, des gestes d'oiseau mais pour le décollage une efficacité de saint-bernard arthritique. Ils courent sur l'eau, battent des ailes, prennent péniblement quelques centimètres de hauteur, et s'affalent dans l'écume comme des merdes. Curieusement, ils possèdent une espèce de grâce dans leur façon dodue de racler leur petit bide contre la mer. On a presque envie de les porter pour qu'ils croient qu'ils volent un peu. Leur façon de se vautrer est plus belle qu'un décollage parfait. Ultime cascade poétique, qui génère amour et sourire en à peine quelques secondes. La version oiseau de Charlie Chaplin. J'aimerais bien être ça, mieux que n'importe quel super Icare musclé – enfin, je dis peut-être ça parce que je ne suis pas très épais.

— Hé puffin du skate !

— Ah oui ? Oh merci beaucoup mademoiselle ! J'adorerais arriver seulement à la cheville de ces oiseaux débiles !

— Hein ? Quel oiseau ? Puceau ! J'ai dit puceau du skate ! Va te coucher !

Je n'ai pas écouté ma voisine qui n'y connaît donc rien en oiseaux, ni en skate, ni en rien, et qui a une touffe de cheveux si épaisse sur sa connasse de langue que quand elle dit « puceau » on dirait qu'elle dit puffin, à moins que ce soit son appareil dentaire qui déconne.

Je continue ma descente sans trop en rajouter avec les bras. Je traverse le village les mains dans les poches comme un putain de spectre, sec et loin des choses de la douceur. Mes pieds sont vissés sur ma planche, Je roule à la vitesse idéale pour slalomer entre les ombres et me faire passer pour l'une d'elles. En rentrant, j'irai derrière les ombres de la maison, voir comment ça marche, si ça s'ouvre ou quoi. Je souffle du brouillard froid et il s'étire sous la lumière blanche des lampadaires.

Aux abords du cimetière, je frissonne dur. Pas que je m'imagine des trucs de fantômes ou quoi, oh non, non, non ! Je me sens juste monstrueusement seul, à aller traîner comme ça près de ta tombe en pleine nuit. J'avance dans les allées à pas délicats. Le gravier sonne creux. Le chemin jusqu'au bord de l'endroit où tu te trouves est encore plus long qu'en plein jour.

J'arrive devant ta tombe, avec cet acacia et ses ombres que je connais bien. Maintenant qu'il fait tout le temps nuit sur toi, que cette fois c'est sûr, que nous avons fixé une dalle marbrée pour entreposer larmes, souvenirs et fleurs, je réalise. Je n'accepte rien, mais je réalise.

Il y a une jardinière, mais rien ne pousse vraiment, on triche pour que ce soit à peu près joli. Avec des façons de poser tel bouquet à côté de tel autre, « c'est bien comme ça, non ? », alors que la seule chose qui nous occupe en vrai c'est te soulever, c'est dire ça y est, la mort, c'est fini ! La guerre est finie, enlevons nos habits en matière de nuit, que les étoiles repoussent ! Pousse-toi la mort, tu me fatigues maintenant, c'est fini, remballez vos conneries de funérailles, vos épitaphes gratuites avec la tombe dernier cri.

— Mais enfin, c'est un cimetière ici, on dépose des fleurs, on pleure et on rentre seul, les étoiles ne sont pas acceptées ! me dit une voix de vieille. Je me demande d'où ça sort, je regarde autour de moi, rien. Je réponds :

— Elle va revenir, je l'attends avec des étoiles et des gâteaux, elle en a marre des fleurs, elle en a marre d'être morte, c'est trop long...

— Il faut accepter, monsieur.

— C'est ce qu'on dit, oui. Ça va avec la panoplie de chrysanthèmes.

— Ça ne sert rien de se mettre en colère contre la mort, monsieur.

— Je sais.

Alors, j'ai vu apparaître mon deuxième fantôme. Sur le devant de la tombe, assis sur la jardinière, le cul planté sur les roses. La chose la plus laide qu'il m'ait été donné de voir de toute ma vie. Pas de bruit de vent, ni de mains géantes claquant la cime des arbres ou d'imitation du chanteur basse des Platters.

Au premier abord, moins inquiétant que Jack-le-Géant. C'est un fantôme de petite taille, garçon ou fille, je ne sais pas, mais ça a une voix métallique de vieille. On dirait une documentaliste aigrie croisée avec un flic à moustache, tailleur gris et peau de poisson pourri. Ses yeux blanc laiteux caillé dépassent de ses lunettes à monture épaisse. Ses cheveux gris sont permanentés façon taxidermiste pour vieilles. Sa bouche aux lèvres inexistantes, comme faite pour ne surtout jamais embrasser, suinte. Ses bras croisés ressemblent à une pieuvre morte collée à sa poitrine, et la seule note de couleur, rouge, ce sont des taches de sang frais sur sa veste. Les affreux pieds-bots qui terminent son corps traînent par terre.

C'est fou ce que ce truc me rappelle la mère d'une fille que j'ai connue ! Elle dégageait cette même suffisance rêche et bourgeoise. Les traits de son visage étaient d'une incroyable laideur. Rien de suffisamment monstrueux pour que ça en devienne attachant ou inquiétant, juste la laideur étriquée et mesquine d'un petit caporal fier de son triste galon.

— J'ai décroché quelques étoiles cassées et des morceaux de lune, je voulais les lui déposer.

— Il ne faut pas venir au cimetière en pleine nuit monsieur, vous risquez d'y rencontrer la mort.

— Vous déjà, ça s'en approche, non ?

— Je ne suis qu'un employé municipal de la mort. Prenez mon apparition comme un avertissement sans frais. Mais la prochaine fois, vous aurez directement affaire au chef.

— Il ressemble aussi à une documentaliste en tailleur gris croisée avec un flic à moustache, Monsieur la mort en chef ?

— On ne se moque pas de la mort, monsieur, surtout quand elle est devant vous.

— Ça tombe bien, je veux la combattre. J'ai une ombre solide, c'est un pote géant qui me l'a donnée...

— Vous pouvez combattre votre propre mort, mais pas celle de qui que ce soit reposant ici. Il faut accepter, monsieur.

Je me regarde dans les énormes gouttes de pluie, je ne me reconnais plus. Je me sens flou, la colère tremble jusque dans mes genoux. C'est un tambour qui tape dans ma poitrine. Je vais l'arracher et le balancer par terre, je ne supporte plus le bruit qu'il fait.

Je fais semblant de quitter le cimetière et me planque derrière le caveau de la famille Léon Thérémin. J'attends qu'il s'en aille, ce fantôme administratif en tailleur gris avec ses yeux gris, puis je me mets à jouer de l'harmonica, enroulé dans mon ombre. Ça fait caisse de résonance, du coup l'harmonica a un joli son de western. Je me blottis de tout mon saoul dans ce petit instrument. Tant que je joue, j'ai moins peur.

Je me recouvre entièrement de mon ombre, position qui me permet d'être invisible. Faire le Buster Keaton des étoiles, à voler d'une maison à l'autre pour décrocher la lune, c'est peut-être pas encore pour demain, mais me faire passer pour une ombre à la nuit tombante, c'est un sujet que je maîtrise.

J'ai apporté tout mon matériel de médecine pour les morts, je veux essayer ça sur ta tombe. Je regarde derrière moi : les ombres des autres sépultures me surveillent. Mais tant qu'elles restent à distance, je continue mes expériences. Je sors mon walkman spécial. Je pose le casque sur mes oreilles pour vérifier la musique ; une cassette faite spécialement pour toi, avec beaucoup de flamenco et de rock? roll des années cinquante. Ta musique. J'ai travaillé les enchaînements pour que tu aies envie de danser et que ça te rappelle le bon vieux temps. J'enlève le casque et pose les écouteurs contre le marbre glacé. Je distingue encore les chansons, à peine, le reste du son part vers toi.

Allez danse, viens en fantôme, en ombre, comme tu peux, en souffle même si tu veux, mais viens maintenant. J'ai des pâtisseries aussi ! Sept mille-feuilles qui tremblent d'impatience de se faire manger par toi, et quatre éclairs au chocolat avec un goût du tonnerre. Je les dépose à côté des fleurs, disposés comme pour faire une jolie table. Tu aimais bien faire des tables aussi jolies à manger qu'à regarder. Tu dois en avoir marre des fleurs ; pour toi voici les étoiles cassées fraîchement cueillies en plein ciel et un morceau de lune.

J'ai l'impression d'être un docteur bizarre. Le docteur de ma maman morte. Je mets un écouteur dans mon oreille droite et je déplace l'autre sur différents endroits de la tombe. J'ausculte.

Je veux entendre quelque chose, ton cœur je crois. Bouge, tape, cogne, je t'aide, j'y vais ! Allez, arrache-moi ce putain de marbre, crache les fleurs, je te taperai dans le dos pour que ça ne te fasse pas tousser, viens, maintenant !

Rien ne se passe, si ce n'est quelques restes de vent pour me rappeler qu'il fait vide par ici. Rien, pas un souffle, pas un signe...

J'ai envie de creuser à coup de poing, de tout foutre en l'air, de m'enfoncer dans la terre.

Je remets les fleurs de la tombe en place, un peu comme le fait papa, parce qu'en plus du vent qui renverse les pots presque tous les jours, aujourd'hui, un gardien de la mort a posé son gros cul sur la jardinière et les roses sont toutes écrasées. D'un seul coup, je me sens mal à l'aise avec mes trucs éparpillés, alors je fourre tout dans mon sac.

Je m'allonge à côté de toi, à la belle étoile, pour voir comment ça fait un matin ici. Le spectacle des ombres qui te recouvrent, le vent dans les acacias, les fantômes qui se tirent à l'aube. J'aimerais voir quelque chose que tu vois encore, je creuse pour trouver autre chose que les souvenirs comme moyen de me connecter à toi.

Le rendez-vous physique est ici. Passe par l'acacia ! Grimpe le long de ses épines, mange les fleurs et viens dans mes bras, va ! Ça fait longtemps maintenant, et c'est un longtemps qui s'agrandit tout le temps.

Tout à coup une énorme main me bâillonne pendant qu'une autre me soulève.

C'est le matin, je me réveille dans mon lit. J'aperçois une enveloppe noire posée sur ma table de chevet. Je tends le bras gauche pour l'atteindre sans bouger, le reste de mon corps collé au matelas. Je la décachette et reconnais immédiatement l'écriture : la même que celle au dos de l'horloge cassée, celle de Jack-le-Géant.

Hé !

Arrête ces conneries d'aller dormir au cimetière, sinon tu vas y rester pour de bon. La prochaine fois, je n'irai pas te chercher.

Jack.

« Les ombres sont des passages vers le monde de la nuit, de l'hiver, le pays des morts », m'a dit Jack. J'ai besoin d'aller voir ! Même si ça fait mal.

À quatorze ans déjà, après ma première rupture amoureuse, je ne pouvais pas m'empêcher d'aller faire du vélo autour de la maison de cette jeune fille qui m'avait cassé le cœur. Je humais l'air quelques minutes et je rentrais chez moi, triste comme une enclume, mes jambes endolories d'avoir fait du vélo contre le vent. Ça ne m'apportait aucune aide, ça me rendait malade, mais je ne pouvais pas m'en empêcher. Aujourd'hui, le symptôme est le même, il faut que j'aille au pays des morts.

Je me rends compte de l'étroit cousinage entre les ombres et les fantômes. Parce qu'au cimetière et à la maison, je les effleure. Je les vois se mélanger entre les arbres et les tombes, dans le brouillard et les vapeurs, ils se ressemblent, avec leur voix de vent. Ils me font peur et m'attirent comme des sirènes. Non pas que je sois charmé, mais je sais que je suis en contact avec le monde ou tu te trouves désormais.

V

Minuit sonne au clocher du village. Je m'enveloppe dans mon ombre, je vérifie toutes les parties de mon corps, comme au ski un jour de très grand froid. Rien ne doit dépasser. Je suis prêt, je vais aller regarder derrière les ombres. La maison est en apnée – elle l'est tous les soirs –, seules les ombres toussent de temps en temps quand papa redescend l'escalier au milieu de la nuit.

J'entends un bruit d'orage contre les volets de ma chambre. Pourtant il faisait encore très beau avant que la nuit tombe. Ce n'est pas mon pote Cyrz qui m'envoie des cailloux, qu'est-ce qu'il lui prendrait d'en envoyer de si gros et de les balancer aussi fort ?

Le bruit recommence, ça va finir par me péter la fenêtre. J'ouvre les volets d'un seul coup. Pas un bruit. Je jette un rapide coup d'œil au ciel : tranquillement étoilé. Puis j'entends une voix très profonde qui me dit : « Si tu tiens vraiment à voyager au pays des morts, mieux vaut ne pas y aller seul. »

Il est tellement grand que je ne l'ai pas vu au premier coup d'œil, mais Jack est bien là, entre la lune et les lampadaires. Son épaule gauche est appuyée contre la maison et ses jambes croisées vont jusqu'à la route. On dirait que c'est la maison qui s'appuie contre lui, que s'il bouge, elle s'écroulera d'un seul coup.

— Je t'ouvre la porte du garage !

— *That's alll'rrright !*

Bon, il a l'air de bonne humeur. Quand il parle en anglais en roulant les *r*, c'est qu'il est de bonne humeur.

Je descends les escaliers sur la pointe des pieds et m'applique à ne pas trop faire grincer les portes. J'arrive dans le garage où tous les instruments de musique de ma tribu électrique sont entreposés. Entre les rails de mon train d'enfant et la planche à voile, ils se reposent en attendant les prochaines chansons... J'espère que ça marche encore tout ça. Les murs sont tapissés de posters de tennis fripés par la colle : John McEnroe, Jimmy Connors, Yannick Noah, Chris Evert, Monica Seles... c'est un peu le Louvre de mes quatorze ans.

J'ouvre les deux battants de la porte du garage, comme pour rentrer la voiture. Jack se penche, passe sa tête, puis ses épaules et, doucement, le reste de son corps.

Il est minuit dix, il y a un géant dans mon garage.

C'est toujours étrange de voir quelqu'un qu'on connaît dans un contexte différent soudainement transplanté dans notre quotidien. Comme de croiser dans un supermarché cette fille qu'on a embrassée au creux de la nuit. Jack, je l'ai vu sur le parking de l'hôpital, puis dans la pinède, à l'enterrement, mais le voir ici, se trimballer au milieu des posters de tennis, ça fait bizarre. Surtout que ce grand type-là se suffit à lui-même, au niveau « bizarre »...

La situation est particulièrement étrange. L'allure qu'il a, tout courbé, à froncer ses sourcils en buisson quand il regarde, dubitatif, Henri Leconte serrer un poing rageur, commence à me donner envie de rire.

Au fond du garage, derrière le vélo de course de papa et la table de ping-pong, est accroché un poster de l'équipe de France de football 1982, avec en haut de l'affiche, inscrit en gros caractères : « MERCI ! »

— Merci, dit-il avec son air de « je vais bouffer tous les gosses du quartier pour mon petit déjeuner ». Il est là, planté devant le vieux poster de l'équipe de Platini et consorts, à répéter merci en boucle... Je me demande quelle tête il va faire quand il va voir ma chambre.

Nous grimpons les escaliers à pas de loup – c'est pas le moment de réveiller papa avec un géant dans la maison. Ses immenses pieds embarquent la moitié des balais, balayettes et même l'aspirateur, qui dégringolent dans la cage d'escalier. Jack se retourne vers moi et me fait « Chhutt oh ! On va réveiller ton pèrrre ! »

Dans le couloir je lui montre les lustres et les tableaux, mais il se cogne partout et la maison sonne comme si je me trimballais une cloche fêlée. « Cchhuuut ! hein, cchhut ! on a dit », me répète-t-il encore. Un fou rire me gagne, mais il est coupé net : j'entends papa qui descend. Les escaliers qui mènent à la mezzanine sont faits dans un bois craquant impossible à négocier sans faire de bruit, même dans cent ans je reconnaîtrai ce son entre mille.

J'enfonce le géant dans ma chambre, comme un gros paquet de linge dans une machine à laver trop petite. Il a du mal à passer par la porte, je pousse, il pousse, j'ai peur qu'il arrache la cloison avec ses épaules. Papa continue à descendre l'escalier, dans quelques secondes il sera dans le couloir. La lumière s'allume, la porte claque, sauvé !

— Qu'est-ce qui te prend de claquer les portes comme ça, t'as vu l'heure qu'il est ?

— Ah bon ? Ça t'a réveillé ?

— Non, je ne dormais pas.

— Ah... Eh ben moi, je vais lire un peu !

— Te couche pas trop tard quand même.

— Non non.

— Allez, bonne nuit !

— Bonne nuit.

Je regarde papa qui retourne se coucher. Je l'entends qui fait craquer l'escalier et ferme la porte de sa chambre. Je me dis qu'après tout j'aurais pu lui présenter le géant. J'ai été un peu pris de court, voilà. Il lui aurait montré ses tableaux tout ça, et peut-être que Jack lui aurait proposé un morceau d'ombre à lui aussi. Je les aurais bien vus en train de boire un Martini en regardant la télé.

Plus tard, peut-être.

Jack est assis sur mon lit, qui sous lui ressemble à un minuscule strapontin.

— Tu veux boire quelque chose ?

— Naaah, ça sert à rien l'alcool, vu ma taille. Il faudrait des litres et des litres pour m'enivrer !

— Non, mais pas obligatoirement de l'alcool, t'as pas soif ?

— Je bois à peine plus que les morts, une ou deux fois par semaine seulement.

— Ah bon ça boit pas les morts ?

— Non, et ça mange pas vraiment non plus.

J'ose pas trop aborder le sujet, mais je n'attends qu'une chose : le départ vers le pays des morts. Alors que Jack commence à m'expliquer que les fantômes se nourrissent uniquement en inhalant du brouillard, je me lance :

— Tu crois qu'ils me feraient goûter leur brouillard ?

— Les vivants n'ont pas assez de souffle pour inhaler le brouillard, il te faudrait un narguilé !

— Tu veux dire que les fantômes se baladent avec leur narguilé ?

— Mais non ! Les fantômes sont faits de souffle, de véritables petits morceaux de vent, ils peuvent inhaler une quantité incroyable de brouillard en une seule inspiration. En Écosse ou en Islande, les vivants et les fantômes vivent en harmonie. Chacun croit et respecte l'étrangeté de l'autre, et ça se passe très bien. Les fantômes sont contents de sortir inhaler les tonnes de brouillard épais que génère la terre de ces pays, et les vivants sont contents de voir le ciel bleu de temps à autre grâce à ces avaleurs de nuages. C'est une sorte d'équilibre naturel. En plus, c'est très beau à regarder, des fantômes qui inhalent de la brume. Ils font toute une série de jolis tourbillons. Ils manifestent leur plaisir par de petits cris très fins – on dirait des scies musicales désaccordées. Les fantômes crient comme ils respirent, ça ressemble au son que ferait du vent s'engouffrant dans une flûte à bec.

Il parle de plus en plus fort et gesticule ses mots, il y a du vent dans ma chambre. Ça secoue les posters et entrouvre mes livres de chevet. Il s'interrompt quelques secondes, puis fredonne une mélodie en voix de tête.

— Quand ils sont nombreux, on croirait entendre un orchestre philharmonique de vents jouant une partition mélancolique. N'importe quel humain percevant ce son se met immédiatement à pleurer. *Llorrrrar Hombrrre !* Du vieillard à moitié sourd jusqu'à la midinette tatouée-percée accro au punk rock, tout le monde fond en larmes. Les larmes coulent et les nuages s'éclaircissent, laissant apparaître des rayons du soleil. Et vas-y que tout le monde pleure au soleil ! Le son des sanglots monte, rythmé par des hoquets interminables. Des arcs-en-ciel se forment dans les paupières des gens et chacun se promène avec ses morceaux d'arcs-en-ciel entre les cils.

— Ils n'ont pas peur des fantômes ?

— Non, ils ont appris à se connaître, à se reconnaître. Il faut arrêter les a priori sur les fantômes, les monstres et tout ça, hein ! Vous êtes sérieusement en retard dans le sud de l'Europe avec ça !

— Oui, ici même les étrangers humains, ça fait peur aux gens.

— Alors imagine comment moi, un géant de cent trente ans, je suis reçu !

— Oui, comment t'es reçu ?

— Oh, on me ressort toujours le même truc : « Il va bouffer nos gosses, il va casser nos voitures, il va nous faire de l'ombre... »

— T'en as jamais bouffé des gosses ?

— Naaah, que des filles de plus de dix-huit ans, et encore, j'ai pas fait exprès !

— Comment ça ?

— Je plaisante, c'est une blague récurrente de géant ! Ça fait au moins cent ans que je n'ai mangé personne, ah ah !

— Et les fantômes, ils viennent souvent inhaler la brume ? Même ici, à Montéléger ?

— Bien sûr, tu peux les voir grignoter certains soirs le long du Pétochin, sous le pont, derrière l'école. Un endroit très fréquenté, surtout l'hiver à la nuit tombante. Les morts ont toujours faim, c'est d'ailleurs de là qu'ils tirent le plus gros de leur potentiel d'épouvante : leurs yeux affamés !

— Tu m'as dit qu'ils ne faisaient pas peur !

— Les humains ont toujours un peu peur qu'ils viennent pour les bouffer, mais en général, aucun risque...

— Comment ça, « en général » ?

— Certains fantômes n'acceptent pas leur condition et continuent pendant un temps à manger des choses solides ; ils essayent de

114

retourner dans le monde des vivants pour aller déguster en cachette les plats dont ils ont le meilleur *souvenir*. (Il dit souvenir avec un accent américain, on dirait la voix de Frank Sinatra passée au ralenti.) Les plus féroces s'attaquent directement aux êtres humains. Ils mordent dedans comme toi tu mords dans un sandwich. Et là, tu peux facilement te retrouver avec une main arrachée, ou même un morceau de fesse, si elles sont appétissantes ! C'est pour ça que je te déconseille les promenades nocturnes dans le cimetière. À moins que tu aies envie de te faire crrrllloquer le cul par un fantôme ?!

— Mais tu dis que les fantômes ne peuvent pas manger ?

— Manger, non, mais croquer, oui. Ils n'ont pas d'appareil digestif, alors ils vomissent, et quand ils en ont marre de vomir, ils se font à l'idée et apprennent à inhaler le brouillard. Ce qui ne les empêche pas de tuer des gens de temps en temps.

— Par où passent-ils pour revenir ?

— Devine ! Par le même chemin que nous pour y aller...

— Les ombres !

— Les ombres sont les portes du pays des morts. Pas toutes bien sûr, et elles ne sont pas ouvertes tout le temps, mais c'est par là que tout communique. C'est un véritable trafic chez les morts, il y a des passeurs, qui connaissent les passages secrets et les heures auxquelles on peut les emprunter. J'ai pratiqué ce métier, avant de me lancer dans mon doctorat d'ombrologie. Presque tous les morts récents veulent revenir. Soit pour revoir les gens qu'ils aiment, soit pour se venger d'autres, souvent pour les deux raisons. Peu d'entre eux restent longtemps.

— Pourquoi ?

— Parce que ça les déprime d'être un mort au pays des vivants. Accepter d'être mort, c'est déjà pas facile, mais se balader au milieu des vivants alors que soi-même on n'est plus qu'un mort, c'est horrible : on voit les personnes qu'on aime, mais on a beau faire grincer des portes ou tomber des objets, eux ne nous voient pas. On peut toujours se blottir dans leurs bras, on ne sent rien et eux non plus. Aimerais-tu vivre à quelques centimètres de l'amour de ta vie sans pouvoir la toucher ? C'est encore pire que ne pas la voir du tout. Parce que si la mort enlève le toucher et l'appareil digestif entre autres, la mémoire, elle, reste intacte. On se souvient très bien de ce qu'on pouvait ressentir lorsqu'on vivait. Retourner au pays des vivants en tant que fantôme donne la sensation d'être un diabétique que l'on ligote sur un lit en forme d'éclair au chocolat et sur qui on ferait couler de la crème anglaise. As-tu déjà froidement serré la main de la fille la plus torride que tu aies connue ?

— Oui.

— Eh bien, c'est pire.

— Mais l'inverse, passer à travers les ombres en tant que vivant, ça va, non ?

— Oui, ça c'est possible. L'idéal, c'est de ne pas y aller, tu auras l'éternité pour le visiter plus tard, mais si tu y tiens absolument, alors je viens avec toi ! Les dangers sont nombreux. Le pays des morts est sept fois plus vaste que celui des vivants et il est presque impossible de ne pas se perdre. On y ressent une telle sensation de surprise mêlée d'extase qu'on oublie naturellement

116

d'où on vient. Comme les plongeurs en apnée saisis d'«ivresse des profondeurs» qui ne retrouvent plus la surface et meurent noyés. Il n'y a pas de noms de rue, ni de routes, c'est une sorte de désert fourmillant de fantômes plus ou moins bien intentionnés. Si tu te perds, tu peux rester des années bloqué là-bas et devenir ce que l'on appelle un « fantôme inversé », un vivant qui hante le pays des morts. Beaucoup de disparitions mystérieuses s'expliquent ainsi. Les gens vont voir derrière les ombres et ne retrouvent jamais leur chemin.

— Avec toi, je ne crains rien, tu le connais bien le chemin des ombres !

— Oui, mais ton ombre à toi doit être parfaitement ajustée, comme si tu t'habillais pour escalader l'Everest ! Ne révèle jamais ton identité de vivant à aucun fantôme, il pourrait te tuer par jalousie. Certains sont tellement tristes d'être morts que ça les rend agressifs.

Jack est toujours assis sur mon lit, mais il se penche en avant, de plus en plus. S'il continue, il va se prendre la fenêtre en pleine gueule et ça va encore réveiller papa.

Je repense à ce qu'il m'a raconté sur la façon dont se nourrissent les fantômes, et je me demande si toi, de l'autre côté, tu as pris tes habitudes. Est-ce que tu inhales les brumes ? Est-ce que je reconnaîtrais ta voix, dans une chorale de fantômes ?

— Tu m'emmènerais écouter une chorale de fantômes ?

— Là ou nous allons, c'est un festival éternel ! Les géants chantent les basses, les fantômes d'animaux sauvages font les barytons, les hommes les ténors, les filles les altos et les fantômes de chatons les sopranos, avec toutes les nuances, jusqu'aux fantômes d'enfants souris, qui chantent très faux d'ailleurs. Mais personnellement, j'aime beaucoup chanter avec les petites souris !

— C'est ton côté Gainsbourg !

— Dans les années cinquante (je vivais sur l'île de Skie à l'ouest de l'Écosse à cette époque), j'ai enregistré ces grandes sessions de pleurs euphoriques mêlés de voix de fantômes. J'avais fabriqué un appareil avec un enregistreur en bois que j'avais baptisé « sanglophone ». Juste une petite boîte, genre étui d'harmonica, mais à mon échelle. J'y avais ajouté une astuce mécanique permettant de rejouer le son enregistré en approchant plus ou moins les mains de la boîte : la main gauche pour le niveau sonore, la main droite pour la tonalité, c'était très amusant. (Il mime en approchant et reculant ses mains de mon crâne, comme si c'était moi le sanglophone.) J'ai des cassettes entières remplies de sanglots et de voix de fantômes.

« Un jour, un type répondant au nom de Léon Thérémin est venu me trouver pour me demander comment marchait le sanglophone. Il faisait des recherches depuis des années pour enregistrer les voix de fantômes, mais son appareil ne captait que les sanglots humains. Je lui ai prêté mes micros à cellule ectoplasmique, en lui expliquant qu'il était amusant d'enregistrer sur deux pistes séparées les voix des morts et des vivants, pour mieux les mixer ensuite.

« Il est reparti sans dire merci, et je ne l'ai jamais revu. Depuis, j'ai appris qu'il avait "inventé" un instrument à voix fantômes qu'il a

118

humblement nommé "thérémin", et qui n'est autre que la réplique de mon sanglophone. Il a vendu des milliers de thérémins aux producteurs de films d'horreur des années cinquante. Finies les nuits de pleine lune à traquer les voix de fantômes tapi derrières des tombes ! Le thérémin a révolutionné le cinéma fantastique. Au même moment, ils ont inventé une machine à fumée, et on a commencé à voir fleurir nombre de films d'horreur avec tous la même fumée et les mêmes voix de fantômes.

— Tu t'es fait voler ton invention !

— Bah, au moins ça a amusé plein de gens. Sans ce type-là, le sanglophone serait resté chez moi, dans la forêt. J'avais déjà quatre-vingts ans et je mesurais plus de 3 m 50, j'aurais fait un piètre représentant de commerce.

— Tu les aurais tous fait flipper, oui, avec ta boîte à fantômes !

— Eh oui ! houhouhou ! hurle-t-il en faisant trembler les murs de ma chambre, s'autoparodiant avec les deux bras en avant et les doigts écartés.

Je le connais un peu ce géant maintenant, mais quand même, je ris jaune, j'ai un reste de crainte. Comme si j'avais élevé un tigre et qu'un jour ledit tigre devenu adulte s'amusait à me grogner à deux centimètres de la gueule.

Je l'imagine en train de rentrer dans les magasins de musique, essayant de refourguer ses sanglophones. À peine le temps de dire bonjour qu'il aurait déjà renversé trois guitares et deux saxophones. Et tous les musicos à catogan, avec leurs solos de blues blanc et mou sur des guitares pointues, se paieraient la trouille de leur vie. Je le vois d'ici, la tête en avant, jouer du sanglophone en secouant ses bras énormes... les sons de fantômes remplacent les immondices métal-blues craignos qu'on entend d'habitude, tous ces snobinards qui nous regardent de haut quand on veut juste acheter un harmonica et pas un ordinateur ou une guitare électrique à onze cordes avec le son de saxophone de Jean-Jacques Goldman en option, tous ces technicistes en fuite ! Oh oui !

Jack coupe net mes rêveries :
— Bon, allons-y maintenant, dit-il.

Entraîné dans ses histoires, j'avais presque oublié pourquoi il était là. Nous allons passer derrière les ombres pour rejoindre le pays des morts.

L'écouter me parler d'autre chose que de la mort et du vide, ça m'a fait du bien. Rien n'est plus ennuyeux que quelqu'un qui ne parle que de son boulot. Il sait me distraire, je pense que ça doit faire partie de sa manière de me soigner. On raconte des histoires aux enfants pour les aider à trouver le sommeil, moi je suis un vieil enfant qui tourne aux assomnifères depuis longtemps, mais j'ai un géant qui m'aide à rêver.

Dans le couloir, les tableaux de papa semblent nous surveiller. Jack s'agenouille et fouille dans les poches intérieures de sa grande redingote. Il en sort une mallette noire toute cabossée. On dirait un réparateur télé.

— Voilà de quoi nous guider, dit-il en me tendant une lampe de poche avec un œil à la place de l'ampoule. C'est un œil-de-chat, ça permet de voir à travers la nuit et les ombres.

Jack se gante de noir. On dirait qu'il vient d'enfiler deux araignées géantes. Il scotche son œil-de-chat sur son front. Il ressemble à un spéléologue, mais un genre de spéléologue qui s'apprêterait à cambrioler quelque chose. Il ausculte la maison, effleurant les murs du bout de ses énormes doigts. Je le suis comme son ombre, mais en plus petit. Le voilà qui plonge ses mains dans les ombres coupantes de la maison. Tes petits peignes et tes affaires de maquillage en sont sertis. Il les touche comme un couturier vérifierait une étoffe, faisant glisser la matière entre son pouce et son index. Puis il se met à toquer doucement contre les murs, avec un petit marteau en acier semblable à celui que les médecins utilisent pour tester les réflexes. Il pose délicatement son oreille contre les murs, et semble écouter battre le cœur de la maison. Je me dis que s'il entend quelque chose, ce sera plutôt l'horloge à coucou, ou les souris du grenier, mais je préfère ne rien dire.

Il tâtonne dans la cage d'escalier, le grenier, la cuisine, le salon, le couloir, il palpe l'horloge à coucou, justement, puis la poignée de ta chambre. Je lui chuchote « non... ! », il me dit que si, c'est par là. Il appuie sur l'ombre de la porte de ta chambre et l'ombre bouge. Je le vois faire le geste de toquer à la porte, mais aucun son n'en sort.

— OK... laisse-t-il échapper. Montre-moi un peu ton ombre, ajoute-t-il sur un ton sec.

Je me retourne et écarte les bras. Il passe le plat de sa main sur mon dos et tire sur les pointes.

— Bien, te voilà à peu près aérodynamique ! On dirait un fantôme d'oiseau... ou d'épouvantail !

Je ne sais jamais s'il est d'humeur à blague ou à tempête, celui-là, il est changeant comme une météo de montagne – une maladie normale pour un géant, finalement.

Il me tend un œil-de-chat, le même que le sien en modèle réduit. Je le fixe sur mon front, je suis prêt. C'est le grand jour – la grande nuit, plutôt.

Je veux te retrouver, toi et ta lumière, et je m'apprête à m'enfoncer dans les catacombes du monde pour ça. Des mois que je travaille à me fabriquer une ombre suffisamment solide pour rester vivant, tout en nourrissant l'espoir secret d'aller te retrouver au pays des morts. C'est maintenant. J'ai le trac, comme si je montais sur scène pour la première ou la dernière fois, comme à chaque fois que je monte sur scène en fait. Je vais peut-être te revoir. Je suis dans un état de jubilation et de peur si intense que j'ai du mal à démêler ce qui est de la joie ou de la souffrance.

— Allez, il faut y aller ! dit il. Si on laisse ouvert trop longtemps, on va se retrouver avec des fan-tômes partout dans ta maison !

VI

Nous pénétrons dans le pays des morts. Le ciel est blanc comme l'intérieur d'un nuage, et les étoiles noires comme des trous d'encre. Nuit au milieu du désert, en négatif.

Effectivement, il fait un froid polaire. Tout est glace et il neige sans discontinuer. Les flocons sont noirs, lourds – de vraies balles de revolver. Les fantômes se promènent avec des chauves-souris mortes en guise de parapluie.

Certains d'entre eux ressemblent aux vivants, mais version translucide, genre glaçons qu'on sort du frigo avec des squelettes à l'intérieur. Jack m'explique qu'il s'agit des morts « premier âge » n'ayant pas terminé leur mutation. D'autres font penser à des oiseaux sans pattes. À force de voler, ils ont développé leurs ailes, alors que les pieds et les mollets se sont effacés. Je les regarde passer, juste au-dessus de ma tête, par essaims ou en solitaire. On dirait des robes de mariée flottantes, éparpillées par le vent. Finalement, je leur ressemble pas mal, avec mon ombre. Je laisse mon poing serré dans la main du géant.

Le sol est meuble, il recouvre nos pieds. Personne ne se soucie de goudronner, puisque tout le monde vole.

La brume est noire et les morts l'inhalent exactement comme Jack me l'a raconté. On dirait du brouillard qui chante.

— Pas besoin de sanglophone pour avoir un joli son de fantôme ici, ironise-t-il.

Je réponds d'un tout petit « oui », je suis pétrifié. Le froid et la peur, même avec un géant pour se protéger, c'est pas l'idéal pour bavarder. La mélancolie des fantômes me gagne et les larmes coulent. Le géant m'avait prévenu, j'ai donc pris mon walkman. Je me mets du Jonathan Richman – effet anti-pleurs garanti.

Je crois te reconnaître dans le corps d'un oisillon, au petit ventre dodu et aux ailes translucides comme celles d'un papillon, avec des froufrous de robes flamenca à leurs extrémités. Mon cœur s'emballe et mes jambes tremblent. J'aimerais tant que ce soit vrai, que tu sois là, que tu aies réussi à éclore dans ton nouveau pays. Un papillon andalou, qui danse en volant et qui invente mille et une façons de cuisiner le brouillard !

Je ne suis pas certain que ce soit toi, je n'ai pas l'habitude de te voir voler. Surtout que tu ne voulais jamais prendre l'avion. Je t'appelle quand même, tu ne réponds pas. Je commence à enlever mon ombre à la hâte pour que tu me reconnaisses. Je me déshabillerais dans un feu que ce serait pareil !

— Ce n'est peut-être pas elle... Et n'enlève pas ton ombre comme ça, tu n'es pas prêt ! me dit sèchement le géant. Ne me refais pas le coup sinon je te ramène immédiatement.

Je me retourne, l'oiseau a disparu.

Les arbres sont en fer, leurs branches glacées font penser aux perches d'un téléski lunaire. Même les fleurs ont une dégaine de squelette ici. Aucun fantôme ne s'y pose, de peur de rester collé. Une rivière de mercure coule entre les arbres et se jette dans le ciel blanc. Jack m'explique que ce cours d'eau se forme à la fonte des étoiles.

— Chaque étoile qui s'arrête de briller vient grossir le flot de cette rivière. Même les morts ne s'y baignent pas tellement elle est froide : – 147 degrés ! »

Les reflets d'argents éclaboussent le ciel tel un geyser explosant au ralenti ; l'éternité, c'est long, il faut gérer son effort. Tout ce que je vois ici me terrorise et m'attire par son incroyable beauté.

Un fantôme bleu nuit secoue ses ailes pleines de brouillard à quelques centimètres de mon crâne. Il ressemble à une flamme de briquet. Un autre bâille et s'étire juste devant moi. Tranquillement assis sur l'épaule du géant qui ne s'est aperçu de rien, un troisième fantôme minuscule grignote une pièce montée de nuages. Je le regarde faire, on dirait un perroquet avec la tête de Sim. Ça donne un air de pirate de l'espace à Jack.

— C'est toi qui fais ces pâtisseries ? je lui demande.

— Moi ? Moi ? répondent simultanément le géant et le minuscule fantôme.

Jack tourne la tête sur sa gauche et découvre le fantôme assis sur son épaule.

— Dégage de là, dit-il avec une voix plus grave qu'un tremblement de terre.

Le minuscule fantôme, visiblement terrorisé, écrase nerveusement ses choux de brume entre ses doigts. Ça coule, il en fait dégouliner partout sur l'épaule du géant.

Quelques secondes s'égrènent. Personne ne bouge.

Le minuscule fantôme à tête de Sim entreprend de répondre à ma question.

— Pâtisserie ? De quelles pâtisseries parlez-vous ?

Jack lui souffle violemment dessus.

— J'ai horreur qu'on parle dans mon dos !

Le minuscule fantôme tremble, son squelette sonne comme un grelot. Jack prend son regard à la Dracula et le pointe de son index.

— Aloooorrrrllls ! Comment t'appelles-tu jeune homme ?

— Ni..ni..nicolas, bégaye-t-il.

— Eh bien Nicolas, je trouve que tu devrais t'appeler Noisette !

— Ah oui ?

— Oui, parce que je vais te casser le crâne entre mes doigts et manger le petit truc à l'intérieur.

Le son de grelot est de plus en plus fort et son rythme s'accélère.

— Nong, nong nong, dit-il avec un fort accent de Toulouse.

— Si ! si ! si ! Et tu t'entendras croustiller, parce que je vais coincer tes oreilles entre mes molaires ! Comme ça le bruit. (Il fait craquer les os de ses doigts.) À moins que tu ne préfères nous renseigner, mon ami et moi, sur la provenance des pâtisseries que tu es venu bâfrer sur mon épaule ?

Le minuscule fantôme panique complètement, il est incapable de prononcer deux syllabes d'affilée, on entend plus le claquement de ses os que le son de ses mots.

— C'est, c'est la... c'est la dada...

— Bon, allez, je plaisante, je vais pas te bouffer, hein ! Ça va, là oh ! Tu peux nous dire d'où viennent ces pâtisseries ? On t'en ramènera une ou deux si tu veux, dit le géant en souriant (ce qui ne le rend pas forcément moins inquiétant).

Le minuscule fantôme reprend doucement ses esprits, puis son souffle.

— Allez, camarade ! Je plaisantais, ça va ?

— Oui, bon, m'avez foutu la panique là, hé !

— Alors, ça vient d'où tout ça ? dit le géant en pointant du doigt les restes de nuages écrasés sur son épaule.

— C'est une dame qui les prépare, elle n'est pas ici depuis très longtemps, mais elle s'est très vite mise à inventer des recettes. On raconte qu'elle était sorcière de cuisine de son vivant. Elle vient d'écrire un petit livre : *Grimoire à gourmandises*, dans lequel elle explique comment elle conserve les brumes, puis les solidifie en les trempant dans la rivière d'argent qu'elle utilise pour faire des sauces. Elle ajoute des écorces d'arbre et se livre à des mélanges. Elle fait de tout avec la brume, des paellas blanches et bleues, des tortillas qu'elle met à chauffer des heures durant contre son ventre, et des pièces montées avec des choux qu'elle découpe dans les cumulo-nimbus les plus charnus de tout le pays des morts, juste en dessous de Londres.

— Et où peut-on trouver cette dame ? demande le géant.

— Il faut voler le plus haut possible dans le ciel, c'est là qu'elle fait ses courses. Elle ne travaille qu'avec les meilleurs produits, les nuages frais, tout ça, c'est son truc. La dernière fois que je l'ai vue, elle m'a raconté qu'elle fabriquait une crème de jour pour les morts. « Si seulement j'avais un peu de cannelle, je pourrais parfumer un peu plus tout ça, mais on va faire avec les moyens du bord », a-t-elle ajouté. Un truc qui protégerait du soleil pour ceux qui décident de retourner voir les vivants et qui permettrait d'avoir meilleure mine si d'aventure on croisait des proches doués de voyance.

— Et ça marche ? demande Jack.

— Je ne sais pas... Par contre, ses petits plats sont fameux et l'ont rendue célèbre aux quatre coins du pays des morts. C'est tellement réconfortant d'avoir l'impression de manger à nouveau comme des vivants au lieu d'inhaler tout le temps. C'est de la brume, d'accord, mais elle y a rajouté un zeste de fantaisie. Ah ! il faut goûter sa soupe de nuages avec les vermicelles-flocons... On se sent revivre !

— Bien, bien, Nicolas. Merci pour ta coopération. On va partir à la recherche de cette dame...

Je regarde Jack, il hausse ses épaules géantes et me lâche un « *Let's go* » avec un accent du Massif central.

— Ça se tente ! ajoute-t-il.

— Tu peux apprendre à voler, ici. C'est facile, même un gros comme moi y arrive !

— T'es pas gros, t'es grand !

— Lourd en tout cas ! Regarde, tu gonfles tes poumons, tu bloques ta respiration et tu écartes les bras...

— Comme ça ?

— Oui, impeccable... C'est bon, tu peux respirer, maintenant ! Si tu perds de l'altitude, remets-toi en apnée, mais doucement, sans à-coups, sinon tu vas t'hyperventiler et je vais te retrouver planté dans un arbre.

J'ai vraiment l'impression d'être un putain d'oiseau. Pas le moindre bruit, si ce n'est le souffle du vent qui caresse mes oreilles. Je fais un signe au minuscule fantôme, qui est encore plus minuscule vu d'ici. J'expérimente : impulsion jambes pliées, battement des poignets, étirement du corps, je vole vers toi ! Cette fois, c'est sûr !

Le géant, avec son air de vieux Boeing dézingué, patrouille à 45 degrés. Je me sens petit coucou de la guerre de 14 à côté de lui, petit coucou tout court même. L'euphorie me parcourt l'échine et je fais totalement abstraction du fait que je suis au pays des morts. Je vole ! Mis à part quelques baisers bien placés et une demi-vague bien prise en surf, je n'ai jamais eu de sensation aussi agréable de ma vie.

J'escalade les strates argentées de ce ciel de lait et slalome entre les étoiles noires. Mille aubes blanches se lèvent sur mes épaules, je culbute le jour et la nuit, l'ombre et la lumière.

Cette fois ça y est, je décroche la lune pour de bon, j'ai cette conviction inconsciente et folle que je vais te retrouver. Je vais te trouver à fouiner dans les hauts nuages, c'est sûr. Dans les sillages des oiseaux fantômes, dans les bras du soleil noir, celui qui, fatigué de brûler, s'est reconverti ici en machine à ombres, je vole vers toi ! Je tisse comme une araignée du ciel le fil qui relie les rêves et la réalité, et dans ma toile j'embarque l'espoir absolu.

Tout me revient dans la gueule d'un seul coup : la mort, le froid, la peur.

Le ciel blanc se craque. Bruit d'ailes froissées, tonnerre de métal. Mon ombre part en lambeaux, je sens qu'elle se déchire. Ça me fait la même sensation que lorsque je me suis cassé la cheville, toute mon âme glisse dans mes talons.

Ça m'arrive des fois sur scène, je suis bien, et soudainement je réalise qu'il y a plusieurs centaines de gens suspendus à nous et je m'étale comme une vieille corde à linge.

Mon walkman se décroche, je le vois disparaître dans les nuages ; mon portefeuille, avalé par la brume ; mes clefs aussi – tout dégringole.

— Qu'est-ce que tu fous avec tout ce bordel dans les poches ? me crie Jack.

Je commence à tousser, je perds de l'altitude, j'ai la tête en bas, elle se gorge de sang. Je tente de garder mon sang-froid, mais je ne retrouve pas mon souffle. La neige me canarde, les flocons explosent contre mon front et brouillent ma vue, je crois que je pleure aussi. La neige redouble et colle à ma peau, j'ai la chair de poule. Chaque flocon m'enfonce un peu plus la tête vers le bas. Mes ailes sont lourdes, on dirait des bras.

Je vole encore, mais en rase-mottes. J'évite un premier arbre de justesse.

— Respire ! me crie Jack.

Le deuxième arbre m'est fatal. Je me prends les pieds dans les branches et je me mets à tourner autour de sa cime comme s'il m'avait attrapé par les bretelles. Je n'ai pas le temps d'avoir ni mal ni peur. Je suis suspendu comme un vieux bibelot à un arbre de Noël. Ça me rappelle la sensation d'humiliation que j'ai ressentie vingt ans auparavant, lorsque l'entraîneur de judo m'avait accroché au portemanteau par le col de mon kimono parce qu'il m'avait surpris en train de l'imiter à faire ses courbettes sur le tatami devant les copains – alors voilà, un quart d'heure de portemanteau.

Putain ! Je me retrouve au beau milieu du pays des morts sans avoir réussi ne serait-ce qu'à t'apercevoir, et j'ai un peu envie de vomir, à cause du vide.

Apparais ! Dans le ciel blanc sous la forme d'une étoile noire ou juste là, sur mon épaule, viens ! Je suis fatigué que tu sois morte, fatigué de me heurter à ce putain de vide, fatigué...

Jack vient me décrocher, exactement comme papa décroche le vieux Père Noël maigrichon qui trône en haut du sapin chaque année.

— Ton ombre est trouée, tu vas te cacher dans la mienne pour le chemin du retour, dit-il.

Il plie son genou gauche, puis le droit, et s'allonge sur le dos, appuyé sur les coudes.

— Grimpe sur mon ventre et accroche-toi, petit koala, on rentre !

— Alors ça y est, c'est fini, on ne trouvera pas ma mère ?

— Il est cinq heures du matin, il faut rentrer avant que le jour se lève. Les portes des ombres se referment à l'aube et je ne suis pas sûr de pouvoir les rouvrir avant plusieurs jours.

— On peut pas rester quelques jours ?

— Tu vas manger quoi toi ici ? Et ton père va se demander ce que tu fous ! Allez ouste, on rentre.

Je m'accroche fermement aux côtes décharnées de Jack. Vu de près ça ressemble à un orgue d'église. Son cœur bat lentement. J'écoute sa respiration, longue comme une rafale de tramontane, et ça me calme.

— Tu vas pas vomir hein ?

— Non non...

Pas si sûr, mais bon, pour l'instant, ça tient. Ça secoue comme sur un immense chameau haut de se faire trimballer sur le ventre d'un géant. Je regarde le ciel blanc et ses étoiles noires défiler en accéléré. J'ai l'impression d'être dans *Star Wars* quand les vaisseaux passent en hyperespace.

Je pense à toi. L'espoir a grandi d'un seul coup quand le minuscule fantôme a raconté l'histoire de la cuisinière de nuages. J'ai eu beau me préparer avec mon ombre pour tenir sans te revoir, j'entretenais en cachette l'idée que peut-être, en descendant au pays des morts, je t'apercevrais.

Je ne demandais pas grand-chose, juste savoir comment ça allait, te prendre un peu dans mes bras, ou au moins imiter la façon de te prendre dans mes bras si tu es devenue un fantôme d'oiseau ou quoi. J'aurais pu tout raconter à papa et Lisa, en rentrant.

Ils auraient appris à se servir d'une ombre avec l'aide du géant et de temps en temps, on serait descendus tous ensemble pour t'apporter de vrais gâteaux et des photos, pour changer des fleurs.

— Nous y sommes ! me prévient le géant.

— J'ai vomi ! je préviens le géant.

La frontière des ombres apparaît nettement à l'horizon. Je suis comme un fou minuscule sur un échiquier géant, du noir et du blanc à perte de vue. Dans la fente qui sépare les deux mondes, un nombre incalculable de gens en équilibre, mi-humains, mi-fantômes, hurlent, paupières closes.

— Ils sont en train de mourir, il faut les laisser arriver tranquilles, dit le géant.

Ma gorge se serre à mesure que nous approchons. Nous allons devoir passer juste à côté de ces mourants pour retourner à la maison.

Le son de leur plainte s'accentue. Jack pose ses mains sur mes oreilles pour atténuer le volume sonore, puis sur mes yeux. Je me mets à hurler aussi fort que les morts, Jack resserre son étreinte. J'essaye d'échapper, je ne sais pas à quoi. Jack me serre de plus en plus violemment. De loin, on pourrait croire qu'il est en train de me tuer. Ses doigts m'aveuglent, ils étouffent mes yeux. Je revis tes derniers moments, 19 h 25, 19 h 26, 19 h 27, 19 h 28, 19 h 29. Je pourrais défoncer l'hôpital à coups de pied. J'ai plus de force qu'un géant, et moins de force qu'un oisillon. 19 h 30. Papa me tient. Et lui à quoi il se tient ? Lisa, comment tu tiens ?

— C'est fini, disent les infirmières avec les paupières baissées comme des stores.

— C'est fini, me dit le géant en me posant sur mon lit.

Quand j'étais encore plus petit qu'aujourd'hui, c'était papa, le géant qui me déposait dans mon lit. Je m'endormais devant la télé. Mais maintenant que je suis un grand petit grand, il me faut un géant pour me porter dans ma chambre.

VII

Je suis assis sur mon lit, je tremble comme après une colère. Les premiers pépiements d'oiseaux se font entendre et le jour commence à filtrer sous les volets. Le géant a une gueule de déterré, mais ça ne le change pas trop de d'habitude.

— J'ai sommeil, dit-il (et ça prend longtemps, tellement il le dit lentement).

Je ne me sens pas trop de rester seul et de prendre mon cachet pour dormir en plein jour.

— Tu veux pas qu'on boive un coup ou quoi ?

— Je t'ai dit que je ne buvais pas... Le seul truc que j'aime boire, c'est le parfum de femme. C'est le seul alcool qui peut rendre un géant ivre mort tout en lui donnant une haleine de fleur des champs, s'il vous plaît !

— Je vais t'en chercher dans la salle d'eau, il doit bien rester quelques échantillons de maman. J'aimerais que tu restes encore un peu, qu'on discute de tout ça.

— OK, va me chercher à boire. Mais attention, je suis un géant distingué, je ne bois que du Chanel, hein !

Je me lève et glisse jusqu'à la salle d'eau en chaussettes. Je vide le contenu d'une dizaine d'échantillons dans mon verre à dents et j'apporte le cocktail à Jack.

— Hum, on dirait un vin moelleux, mais fait avec des fleurs. Tu veux goûter ? dit-il en avalant le contenu du verre d'un trait, comme un digestif.

— Non merci, j'ai déjà vomi.

— Tu vas bien trinquer avec moi pour me dire au revoir !

— Comment ça ?

— Eh bien tu n'as plus besoin de moi, maintenant. Si je te laisse ton ombre plus longtemps, tu vas me faire des conneries. Genre voler dans le ciel des vivants et mal retomber sur tes chevilles pleines d'entorses, ou rester trop longtemps invisible, et là tu risques la dépression. Tu serais même capable de retourner au pays des morts et de ne jamais en revenir.

J'écoute sa vieille voix ramollie par l'alcool, ça me fait l'impression d'être quitté par une amoureuse.

— J'ai un peu consolidé ton cœur avec ces histoires d'ombres, je l'ai rééduqué. Mais tu t'es suffisamment frotté à la mort. Tu es même allé jusqu'au pays des morts, ce qui correspond à la dose d'ombre médicale la plus forte qu'on puisse administrer à un vivant. La plupart en reviennent... morts. Le vaccin coule dans tes veines. Il est grand temps que tu te frottes à nouveau à la vie.

Je l'écoute parler, j'ai déjà l'impression de me repasser un souvenir.

— Tu ne vas pas te traîner une ombre de géant toute ta vie, hé ! Ne fais pas cette tête de chat écrasé, c'est une bonne nouvelle que je viens de t'annoncer. Tu n'étais pas content quand on t'a retiré le plâtre de ta cheville ?

— Tu parles, j'étais encore plus empoté qu'avec le plâtre !

— Au début, forcément, il faut un petit temps d'adaptation. Mais au final, c'est plus naturel de marcher avec sa vraie cheville. Tu as beaucoup d'outils pour continuer à ressouder ton cœur, de l'amour en veux-tu en voilà, des histoires à raconter, les chansons, les livres, vas-y quoi ! *SPRRRINNNGTIME !*

— Si tu penses que je suis prêt, retire-moi l'ombre que tu m'as prêtée. Mais tu n'es pas obligé de t'en aller, tu sais, je ne retournerai pas au pays des morts. Pourtant, j'ai imaginé cent fois le merveilleux moment des retrouvailles. Je la voyais me prendre dans ses bras comme avant. Toi, tu nous portais tous les deux, et on formait une drôle de poupée gigogne qui passait à travers les ombres. On arrivait dans la maison par les ombres du placard, je grimpais quatre à quatre les marches de l'escalier pour réveiller papa, et on se postait autour du téléphone avec le haut-parleur branché pour annoncer le retour de maman à Lisa...

« Mais maintenant que je suis allé là-bas, c'est différent. Je me suis vu mourir quand on est repassés de l'autre côté des ombres. Je n'y retournerai pas de mon vivant. Quelque chose me dit que le témoignage du minuscule fantôme sur la cuisinière de nuages, c'est vrai. J'étais fou de mélancolie avant d'y aller, mais j'ai attrapé une sorte de joie de l'autre côté. Oh, je ne vais pas me mettre à accepter ce deuil impossible pour autant, mais le pays des morts, pour l'instant, c'est fini. *Sppringtime*, comme tu dis. Je ne veux pas y rester, je n'y retournerai pas de mon vivant.

— Bien, le traitement commence à fonctionner, on dirait !

Le géant commence soudain à vaciller et le ton de sa voix se ramollit encore.

— Il est bon, ton champagne de fleurs des champs, t'en aurais pas encore un peu... ?

Je regarde par-dessus mon épaule. Mon ombre flotte, déchiquetée, véritable haillon noir. Ça fait un peu Albator, sans la tête de mort. J'essaye de fixer l'image de Jack dans ma mémoire avec mes deux yeux en forme d'appareils photographiques. « Immortaliser » comme on dit.

Il est passablement ivre, sa voix chevrote maintenant – on dirait un moteur grippé par le gel.

— Allez viens par là que je termine le travail.

Je suis allongé sur mon lit, mais je me sens aussi à l'aise que chez le dentiste. Mon cœur tape partout, mes poumons ont le souffle court.

Jack farfouille dans mon dos. J'éprouve la même sensation de froid que sur le parking de l'hôpital, un an plus tôt. Je suis tendu à l'approche de ses doigts, comme s'ils étaient des aiguilles.

— Alors, tu les as lus, ces livres que je t'ai donnés ?

— Parcourus, plutôt. Une des histoires m'a beaucoup parlé.

— Ah, oui ? Laquelle ?

Je sens bien qu'il tente de détourner mon attention. La dernière fois qu'on m'a fait le coup, c'était pendant l'installation du matériel pour sauter à l'élastique. Sa main gauche se contracte sur mes omoplates, les cinq doigts, un à un, semblent se clipper à mes os.

— Celle des amoureux qui s'embrassent si tendrement la nuit qu'ils échangent leurs ombres.

— Ah oui. Le type se lève le lendemain et il s'aperçoit que son ombre a des seins... répond-il, l'air de rien.

— Et vu qu'il passe sa journée à regarder son ombre, il se cogne partout, et le soir, en allant au rendez-vous, il se fait renverser par une voiture alors qu'il était en pleine admiration de son ombre dans un rétroviseur...

— Il est tellement cabossé que la fille ne le reconnaît plus, le prend pour un monstre et s'enfuit en courant. Il la poursuit en lui hurlant qu'il veut au moins lui rendre son ombre (il aimerait bien recommencer les choses de bras et de bisous encore un peu), ce qui n'arrange rien, parce qu'en plus de le prendre pour un monstre, elle se dit qu'il est fou...

— Il se retrouve avec la gueule d'Elephant Man, mais garde l'ombre de la fille de ses rêves...

— Eh oui, fait pas bon vieillir, hein, hé ! hé !

On éclate d'un rire complice.

Tout à coup, je sens un courant d'air partout sur ma peau et même à l'intérieur. Mes os se mettent à claquer. On croirait entendre le fantôme dansant de Fred Astaire. Mon cœur dépasse et penche hors de ma poitrine, genre vieux placenta.

Le géant retire la lampe œil-de-chat de son front et enfonce les lambeaux de mon ombre dans une des poches intérieures de sa redingote. Je grelotte en le regardant faire. Je me sens comme un oiseau déplumé à qui on dirait « vole maintenant », alors que déjà respirer, je trouve ça compliqué.

— *It's time to say goodbye, little man*, dit le géant.

Il me serre la main ; son pouce m'étreint jusqu'au coude.

— De toute façon, elle était trop grande pour moi, ton ombre !

Jack ouvre la cicatrice qui lui sert de sourire en guise de réponse.

Il se lève et reste penché pour ne pas se cogner de nouveau au plafond. Il prend sa posture d'arbre mort. Oh, j'aimerais tant qu'il reste, qu'il continue à repousser le sol de ma chambre, ses pieds-racines plantés dans la terre et ses doigts coincés entre les étoiles. J'en veux encore. Son humour de tremblement de terre et ses histoires d'ombres, j'en veux encore. La distribution de frissons, la sensation que tout est possible, voler de nuit ou se cacher dans un arbre, j'en veux encore !

— Ça va me manquer tout ça.

— Quoi ?

— Toi !

— Moi aussi *little man*... mais je ne suis qu'un passeur, j'emmène les gens d'un point à un autre, c'est mon boulot. (Il marque une de ces pauses un peu longues dont il a le secret.) « Je suis une sorte de cigogne qui accompagne les nouveau-nés d'un bout à l'autre du ciel, je m'en occupe comme de mon propre enfant pendant le temps du voyage, puis, une fois la destination atteinte, je dois disparaître. Nous sommes arrivés à bon port ; je dois partir maintenant... *I've got to go, little man !* dit-il en se traînant vers les rideaux blancs.

J'entends un bruit de volets qui claquent dans le vent alors que la fenêtre est fermée. C'est Jack qui cligne des yeux. Un long craquement parcourt les murs, comme si ma chambre allait éclore. Les volets claquent encore et le craquement s'intensifie, un petit paquet de flocons se pose sur la moquette et sur mon lit. Une fine couche poudreuse recouvre les pommettes saillantes de Jack...

Je le regarde s'éloigner doucement vers le haut du lotissement. Ses pas résonnent comme de vieux coups de tonnerre, et j'entends des bruits de choses qui se cassent ; il a encore dû marcher sur une voiture mal garée.

Les lampadaires ressemblent à des lampes de bureau qu'on viendrait de planter sur le trottoir. Il fait clairement jour, mais ils sont encore allumés. Les étoiles et la lune par contre, c'est fini.

Alors qu'il disparaît dans les contreforts du Vercors, je commence à fredonner : « *Giant Jack is on my back, I was trembling like a bird with no feather on the skin, I had gasoline all over my wings, he looks like a storm with a solid body, he looks like a storm, Giant Jack is on my back.* » Je tiens la petite horloge cassée entre mes doigts.

Au loin, je l'entends reprendre en canon, de sa voix pétaradante de crooner-Boeing « *I'm on your back man, cold like ice, but I will protect you well... hey it's too large for a "little me"* »

Le son de sa voix s'atténue, petit à petit, jusqu'au silence. Une dernière saccade de son rire. Chatouiller une contrebasse vivante ferait exactement le même bruit. Et puis plus rien. Ultime écho, et silence intégral.

Épilogue

J'ai fait une nuit blanche, mais je ne retournerai pas me coucher aujourd'hui. La nuit, on
verra demain. Je n'ai plus qu'une petite ombre
de garçon comme tout le monde. Je la teste
contre le mur du couloir, je suis assez content
de la retrouver, légère et moi léger dedans. Facile
à manier, presque invisible – les réflexes naturels
reviennent vite.

J'ai un peu froid – le manque de sommeil sans
doute. Je sens une odeur de chocolat chaud qui
vient de la cuisine. Pour une fois que je suis
debout de bonne heure, je vais aller prendre le
petit déjeuner avec papa.

Remerciements

Merci à Olivia de Dieuleveult pour son accompagnement géant.

Merci à Marion Rérolle, Laurence Audras, et Joann Sfar pour les précieuses boussoles qu'ils ont glissé dans mes poches.

DANS LA MÊME COLLECTION

Après avoir hanté les pages de ce livre, Giant Jack a glissé sa grande carcasse dans le dernier album de Dionysos

« Monsters in love »

où il a sa propre chanson, ainsi que dans sa version DVD concert

« Monsters in live »

(Olympia, Eurockéennes, concert symphonique et documentaire de 52 minutes).

Giant Jack a également pris dans sa poche Miss Acacia qui est devenue une chanson et un petit film-clip, son ombre et de la neige pour façonner les dernières aventures soniques du groupe.

8136

Composition IGS
Achevé d'imprimer en France (Malesherbes)
par Maury-Imprimeur le 25 février 2010.
Dépôt légal février 2010 - EAN 9782290350386
1ᵉʳ dépôt légal dans la collection : septembre 2006

Éditions J'ai lu
87, quai Panhard-et-Levassor, 75013 Paris
Diffusion France et étranger : Flammarion